DU MÊME AUTEUR

Cœur de Flammes, Tome 0.5

Cœur de Flammes, Tome 1

Cœur de Flammes, Tome 2

Cœur de Flammes, Tome 3

L'antichambre des souvenirs

Abiola et la plante magique

À PARAÎTRE

Cœur de Flammes, Tome 4

Abiola et la deesse des mers

Iman Eyitayo

L'Antichambre des Souvenirs

Intégrale

© EDITIONS PLUMES SOLIDAIRES

© EDITIONS PLUMES SOLIDAIRES

WWW.EDITIONS-PLUMESSOLIDAIRES.COM

AUTEUR : IMAN EYITAYO

PHOTO DE COUVERTURE : © FOTOLIA

REALISATION DE COUVERTURE : MARILYN NEEL

ISBN : 978-2954948287

JUIN 2015

À tous ceux qui cherchent leur voie,
un sens à leur existence,
une justice dans ce monde,

Du haut des antichambres,
j'ai appris que la seule vérité
n'est autre que l'équilibre.

Glimel.

RETROUVEZ TOUTE L'ACTUALITE DE L'AUTEUR SUR :

SON SITE : WWW.IMANEYITAYO.COM
SA PAGE FACEBOOK : @IMANEYITAYOAUTEUR
SON COMPTE INSTAGRAM : @IMANEYITAYO

Œuvres musicales citées

If I die Young
© The Band Perry,
The Band Perry, Republic Nashville, 2010.

All we are
© Matt Nathanson,
Some Mad Hope, Vanguard Records, 2009.

Under your spell
© Amber Benson, in "Buffy The Vampire Slayer—Saison 6—Episode 7",
Once More With Feeling, Joss Whedon, Rounder Records, 2002.

Walk through the fire
© Gellar, Battle, Benson, Brendon, Caulfield, Hannigan, Head and Marsters, in "Buffy The Vampire Slayer—Saison 6—Episode 7",
Once More With Feeling, Joss Whedon, Rounder Records, 2002.

Sorry—Blame it on me.
© Akon,
Konvicted, Universal Records, 2007.

~ LIVRE 1 ~

1.

« *If I die young, bury me in satin*
Lay me down on a bed of roses
Sink me in a river at dawn
Send me away with the words of a love
song. . . »[1]

If I die young — The band perry

Paris

Mon appartement

Je serre Alex contre moi pour noyer mon chagrin. Ses caresses m'empêchent de pleurer, son odeur me rassure, et ses baisers me disent qu'envers et contre tout il m'aime. Il a sa façon bien particulière de me toucher, de me stimuler jusqu'à ce que je n'en puisse plus. Il me demande alors si je le veux et, fidèle à mes habitudes, je rougis en lui répondant que oui. Il exauce mon souhait et me prend avec douceur. Je l'enlace de toutes mes forces et me cale sur son rythme jusqu'à accéder au plaisir. Je suis essoufflée lorsque je renonce enfin à sa chaleur pour reprendre peu à peu une respiration normale.

Je me tourne vers le réveil, il est sept heures et demie.

—Il est tard, chéri. On va encore être en retard.

—Hum, OK, poupée. J'y vais en premier ?

—Oui, vas-y.

Alex se lève et se rend dans la salle de bains sans un coup d'œil dans ma direction. Il ne me regarde plus aussi souvent qu'avant, presque comme si le faire était devenu douloureux. Rien de plus normal quand on sait que je suis celle qui l'empêche d'avoir une famille. Y penser me donne d'ailleurs envie de rendre mon dîner de la veille. Je cours aux toilettes pour me soulager. Le bruit de la chasse d'eau alarme Alex, qui hurle tout en se brossant les dents :

—Ça va ? Tu vomis souvent ces temps-ci, tu ne penses pas que...

—Non. J'ai déjà vérifié.

—Ah... tu devrais consulter quand même, tu couves peut-être quelque chose.

—J'avais prévu d'y aller aujourd'hui.

Je m'essuie et jette un coup d'œil à mon reflet. Même si je reste grande et de corpulence moyenne, mon visage s'est un peu arrondi ces deux dernières années, mes joues ressortent davantage, et mes cheveux roux-orangé ont tellement poussé qu'ils me tombent dans le dos. Je les attache en queue-de-cheval et vais machinalement préparer le petit-déjeuner.

Je voudrais crier, mais je ne le fais pas. Alex a raison de se poser des questions, j'ai tous les symptômes. Seulement, depuis qu'on m'a annoncé quatre années plus tôt que j'étais stérile, les fausses alertes n'ont réussi qu'à nous détruire à petit feu. J'ai tout de même voulu vérifier dans un énième regain d'espoir, mais le résultat a encore été négatif. J'ai pleuré seule et n'en ai parlé à personne... jusqu'à ce matin.

Le plateau-repas servi, Alex descend, et je prends mon tour de douche. En une demi-heure, nous sommes prêts et quittons la maison, sans oublier de nous lancer le fatidique « Bonne journée », qui ne trahit que de la politesse. Pas de baiser, pas de mots d'amour, rien de tout ça. Notre couple tient encore, mais la routine et le vide créés par l'absence d'enfants ont pris le dessus. Parfois, je me dis que, sans le sexe, nous ne serions plus que l'ombre de nous-mêmes.

J'efface une larme lorsque j'arrive devant la clinique Sainte-Thérèse du dix-septième arrondissement à bord de ma petite Clio rouge. Je grogne pendant un bon quart d'heure, le temps de trouver une place pour me garer, puis j'enfile mes gants et me présente à l'accueil.

— J'aimerais parler au Docteur Linka, s'il vous plaît.

— Vous avez rendez-vous ?

— Non, mais j'ai appelé sa secrétaire hier soir, et elle m'a dit que je pourrais la voir entre deux consultations.

— Oh oui, vous devez être Madame Bell ! On m'a prévenue, en effet. On devrait pouvoir vous dégager une place autour de 9 h 45 par contre. Ça ira ?

— Merci, j'attends.

J'appelle immédiatement le cabinet pour les prévenir de mon retard, et je quitte le bâtiment pour aller boire quelque chose de chaud. Je finis par tomber sur un café sympa près du métro et m'y installe. Je commande un cappuccino que je savoure en intérieur, lis quelques revues sur mon iPad et retourne à la clinique pour 9 h 30.

Je prends place dans la salle d'attente et regarde les flocons s'entasser sur les rebords de fenêtres. Il ne fait pas très froid pour un mois de décembre à Paris, mais les chutes de neige sont sans précédent. Les routes de l'Île-de-France étant de plus en plus recouvertes de verglas, je dépends de ma tablette pour suivre l'évolution de la circulation et m'adapter en conséquence. Alex a pour sa part décidé de ne prendre que les transports en commun par ce temps. Je n'ai pas pu me résoudre à faire le même choix. La foule, les odeurs, les bousculades, l'énervement général, le stress, la course après le métro et l'impression en arrivant au travail qu'on a couru un marathon sous la pluie… non, merci. Après avoir une fois passé dix minutes dans le noir, collée à un petit pervers en manque sans pouvoir me dégager, je me suis acheté une voiture. On ne me la refera pas.

— Madame Bell ? Dana Bell ?

Je me lève à l'appel de la secrétaire et la suis. Je me retrouve rapidement en face de mon médecin, à qui j'explique mes récents symptômes. Elle est peu surprise vu le nombre de fois où cela s'est produit ces dernières années et me demande machinalement si j'ai bien fait un test de grossesse au cas où. Sa question m'exaspère, mais je lui réponds posément par l'affirmative. Elle annonce alors qu'il vaudrait mieux effectuer quelques vérifications en rajoutant que ce n'est sûrement rien de grave. Je me soumets à tous ses examens avec détachement, jusqu'à ce qu'à l'échographie la main du Docteur Linka se fige.

— Qu'y a-t-il ?

— Je... c'est impossible...

— Qu'est-ce qui est impossible ?

Je me redresse, et ce que je vois me fait trembler à mon tour. L'image dévoile une masse, assez diffuse mais identifiable. Un bébé ! Il — ou elle — bouge au rythme d'un bruit que je devine être celui des battements de son cœur. Je ne peux alors m'empêcher de verser des larmes, aussi bien de tristesse que de joie. Cela fait quatre ans qu'on m'a annoncé que je ne serai jamais mère, quatre ans que j'ai vainement attendu un miracle. Alex a évoqué l'adoption l'an dernier, mais j'ai refusé. Je n'acceptais pas l'idée d'être incapable d'enfanter, de ne pouvoir donner une descendance à mon mari et être une femme à part entière. Face à mes nombreux échecs, j'étais récemment prête à changer d'avis. Et voilà qu'on m'annonce que mon attente a payé ! Est-ce que, malgré tout, mon rêve se réalise enfin ?

— Je... je suis enceinte ? Je... comment est-ce possible ? Je suis stérile et le... le test était négatif !

— C'était sûrement un faux négatif, finit par lâcher le médecin qui semble tout aussi choquée que moi. En tout cas, il n'y a aucun doute possible, vous êtes bien enceinte, et de trois mois en plus !

—Je... trois mois ? J'ai... j'ai bien vu que mes règles étaient absentes, mais elles sont tellement irrégulières que je n'ai pas relevé. Mon Dieu... mon Dieu... je n'y croyais plus !

—Il aura finalement entendu vos prières, sourit-elle avant de me donner une liste de choses à faire et ne pas faire, ainsi qu'une série de rendez-vous que je me dois d'honorer pour qu'il n'arrive rien au fœtus.

J'avoue avoir vaguement écouté tant je suis estomaquée. Je sors un peu sonnée de la clinique, mais aux anges.

Une fois dans ma voiture, je souris malgré moi, et je ne résiste pas à l'envie d'appeler immédiatement mon mari. La sonnerie retentit à plusieurs reprises, et je tombe sur sa boîte vocale. Je lui annonce d'une voix chantante que j'ai une excellente nouvelle et qu'il devrait me rappeler au plus vite. J'allume ensuite la radio dont j'apprécie la musique un instant puis j'hésite à rentrer pour célébrer mon état avec un énorme pot de glace, devant la saison trois de la série « Once Upon a Time ». J'ai téléchargé l'épisode onze en version originale hier — oui, je sais que ce n'est pas bien — et ai hâte de le voir !

Après un long conflit interne, je finis par choisir la voie de la raison. Et puis, ce n'était pas une journée à passer seule, super série télé ou pas. Je démarre alors ma Clio en direction de Vélizy.

Après dix minutes de route, je suis encore en ville lorsque mon téléphone se met à sonner. Un coup d'œil me signale qu'il s'agit d'Alex. Je souris, mais je m'interdis de lui parler avant le prochain feu rouge. Une fois à l'arrêt, je compose son numéro et tombe de nouveau sur son répondeur. Ce concours de circonstances m'aurait énervée en temps normal, mais, en cette magnifique journée de décembre, mon humeur est au beau fixe. J'attends.

Alex me rappelle au moment où j'entre sur l'autoroute. J'hésite à décrocher en pleine conduite, mais je ne peux résister à l'envie de partager ma joie. Par souci de prudence tout de même, j'active le haut-parleur :

— Poupée ? Qu'est-ce qui se passe ? J'ai cru comprendre à ton message que c'était urgent ?

— Ça l'est, chéri. Devine ce que le médecin a dit !

— Je ne sais pas... que c'est rien de grave, je suppose ? Tu as l'air de bonne humeur.

— C'est mieux que ça, je suis enceinte !

Il y a un silence de l'autre côté du combiné.

— Comment ça, enceinte ?

Il se fiche de moi... ou quoi ?

— Euh... enceinte comme enceinte. Tu connais une autre définition pour ce mot ? Écoute, en tout cas, tu avais raison pour mes nausées matinales ! Ça fait déjà trois mois !

Alex dit quelque chose que je n'entends pas à cause du cinglé derrière moi qui klaxonne pour que j'avance plus vite. Je ne réagis pas et incite Alex à répéter :

— Je disais... tu n'as pas dit ce matin que tu avais vérifié ?

— Si, si, mais c'était un faux négatif, ça m'a induite en erreur. L'échographie montre vraiment quelque chose, et son... son cœur bat ! Je te jure que ce n'est pas une blague !

Un autre silence s'immisce entre nous. Cette fois-ci, il me paralyse.

— Alex ? Chéri, tu es là ? Dis-moi que tu es là !

Le connard qui me colle l'arrière-train klaxonne de nouveau. Je descends ma vitre et lui crie qu'on est sur une pente, qu'il y a des voitures devant, et que je ne peux pas aller plus vite que la musique. Je la remonte ensuite et reprends ma conversation :

— Tu es sur la route, poupée ?

— Oui, je vais au boulot. Mais tu ne dis rien... tu n'es pas heureux ?

— Si, si ! Je suis juste sonné, tu comprends ? Je ne m'attendais pas à...

Un nouveau klaxon. Je perds patience. Je demande à Alex de garder la ligne et je redescends ma vitre pour apprendre les bonnes manières à mon voisin de derrière.

Les Parisiens sont d'une impatience, c'est pas croyable ! Des fois, je me dis que même les chiens sont plus disciplinés !

J'entends alors des cris de panique et je vois le véhicule derrière moi, aidé par un camion glissant dangereusement sur du verglas, me foncer dessus.

Une forte douleur à la tête m'arrache très vite à cette vision. Je heurte brutalement le volant pendant que les tonneaux s'enchaînent. Je n'ai aucune idée de ce qui se passe autour, mais les violents impacts meurtrissent mon corps dans un océan de souffrances.

Sous le bruit des vitres qui se pulvérisent, je distingue des gémissements et des alarmes de pompiers. Les éclats de verre me déchirent la peau, mais je ne ressens plus rien. J'entends Alex qui hurle mon nom de l'autre côté du combiné. Je regarde mon téléphone, intact, plongé dans une mare de sang, et j'ai un dernier rictus : je n'aurais jamais pensé qu'un smartphone puisse survivre à un tel impact.

Néant

Une odeur désagréable, qui me rappelle celle de l'hôpital, me chatouille les narines lorsque je reprends connaissance. Je tente d'ouvrir les yeux, mais je n'y arrive pas. J'entends alors les infirmiers, qui s'évertuent à relancer mon cœur. Il bat pourtant, si fort que je me demande comment ils peuvent le manquer. Les bruits et sons se mélangent bientôt, et je ne perçois plus que mes propres pulsations. *Boum, Boum... Boum.* J'ai très vite l'impression que leur fréquence ralentit.

Qu'est-ce qui m'arrive ? Est-ce que je suis en plein rêve ? Suis-je en train de mourir ? Je prends peur et tâche de me raccrocher à quelque chose de familier. Alex ! Où est-il ? Pourquoi je ne l'entends pas ? Vais-je le revoir ? Et mon bébé ? Va-t-il disparaître lui aussi ? Pourquoi le devrait-il ? Que m'est-il arrivé ?

Au prix d'un immense effort, je finis par me calmer et m'efforce de me remémorer ce qui s'est passé. J'étais au téléphone avec Alex lorsque j'ai baissé ma vitre pour insulter un chauffard. Ensuite, j'ai heurté le volant et... un flash, le reste ne me revient pas.

Je tente encore une fois de bouger. Sans succès. Je me focalise alors d'instinct sur les battements de mon cœur, mais même ce son se met à disparaître peu à peu. Lorsque je pense avoir sombré totalement, la voix d'Alex me parvient. Il crie mon nom comme si sa vie en dépendait. Est-ce qu'il est là, à côté de moi ?

J'ai beau être incapable de lui répondre, j'essaie quand même, en vain. Je sais qu'il ne m'entend pas car il continue à m'appeler comme un forcené. Il pleure même. Je veux pouvoir le rassurer, le toucher, juste un instant, juste un... juste...

Je m'accroche à la voix d'Alex pour ne pas sombrer de nouveau, mais ça ne suffit pas.

À l'aide !

Les ténèbres m'engloutissent inévitablement.

✾ Endroit inconnu

Lorsque je reviens à moi, tout est silencieux. L'odeur de solvant n'envahissant plus mes narines, je me surprends à prendre une bonne bouffée d'air. J'essaie de bouger la main et, constatant qu'elle répond, j'ouvre les yeux.

Je découvre aussitôt un endroit étrange aux allures de prairie, sans murs ni fenêtres, mais pourvu de portes assez singulières. Devant moi s'en trouvent cinq, toutes uniformément blanches et immaculées. Il y en a deux autres sur les côtés, habilement décorées de pierres précieuses et si grandes que je n'en vois pas le sommet. Elles sont d'une beauté à couper le souffle. Sans m'expliquer pourquoi, je suis irrémédiablement attirée par l'une d'elles.

Je suis devant celle sur ma droite en quelques secondes. En essayant de l'ouvrir, je m'aperçois qu'elle n'a pas de poignée. Pourtant, je sens que je peux y entrer, qu'elle m'appelle. Le sentiment est si fort, si enivrant, que je fonce dessus pour forcer le passage. Autant dire que je me fais très mal. J'insiste quand même et, au bout d'un long moment, mon corps douloureux et ma respiration saccadée m'incitent à abandonner. Je m'assieds à même le sol pour reprendre des forces.

C'est là que je remarque le puits. Il se trouve au centre des deux grandes portes et est tout aussi magnifique avec ses racines épineuses et ses plantes grimpantes. Je veux m'en approcher, mais je me sens lasse. Je n'ai pas envie de dormir, juste de rester assise, immobile.

Je ferme les yeux un instant, et je commence à me souvenir. J'entends la voix d'Alex m'appelant dans mon smartphone, puis dans l'ambulance. Je me demande comment il a pu y arriver si vite étant donné que son entreprise est à près d'une heure de l'endroit de l'accident.

J'ai été victime d'un accident de voiture...

Mais où suis-je ? Suis-je morte ? Dans ce cas, suis-je dans une sorte d'enfer ? Je souris en me disant que l'Enfer ne peut pas être aussi paisible. Le Paradis alors ? Je réalise de nouveau l'absurdité de mon raisonnement. Je suis bien vivante, je le sens. Si je rouvre les yeux, je suis d'ailleurs sûre que je serai de retour chez moi. Il suffit d'un claquement de doigts...

— Dana, c'est ça ?

Je sursaute à l'appel de mon nom et balaie nerveusement les alentours. Au début, je ne distingue rien de particulier, mais je finis par remarquer une silhouette près du puits. Je m'étonne de ne la voir que maintenant et m'en approche prudemment. Ma vision se précise sur un homme grand, svelte, vêtu d'un costume noir particulièrement seyant. Il a un énorme ouvrage en main qu'il étudie avec attention. Il porte des bésicles — *je rêve ?* — et les réajuste sur son nez toutes les cinq secondes. Il est incroyablement irrésistible. J'en connais une qui en ferait bien son casse-croûte si elle n'était pas mariée... et sans doute morte.

— Dana Bell, c'est bien ça ?

Voyant que je ne réponds pas, il me regarde enfin.

— Madame Bell, me confirmez-vous votre identité ?

— Qui êtes-vous ?

— Je prends ça pour un oui, dit-il en notant quelque chose dans son livre.

—Vous ne m'avez pas répondu. Qui êtes-vous ? Que me voulez-vous ?

—Je suis votre guide, je m'appelle Glimel, explique-t-il en refermant l'ouvrage qui disparaît aussitôt de ses mains.

Je sursaute face à son tour de magie.

—Comment vous avez fait ça ?

—Une chose à la fois. D'abord, j'aimerais vous présenter mes excuses, reprend-il en se courbant devant moi. Je suis en retard. J'aurais dû arriver depuis un moment, j'étais en formation. Quoi qu'il en soit, vous pouvez me poser vos questions. J'y répondrai, je suis là pour ça.

—O... K. Dans ce cas, dites-moi qui vous êtes et où nous sommes.

Il prend une grande inspiration avant de poursuivre :

—Nous sommes dans l'antichambre céleste, une pièce qui se situe entre la vie et la mort et où se mélangent une grande quantité de souvenirs. En termes simples, vous êtes dans le coma.

L'annonce de Glimel me laisse sans voix. Il continue en me définissant son rôle, mais je n'entends qu'à moitié. Je suis dans le coma, je risque de mourir à tout instant, ou pire, rester coincée dans cette pièce pour l'éternité. Et même si je me réveille, je pourrais avoir toutes sortes de séquelles irréversibles. Je retiens un hurlement et décide d'écouter les explications de mon « guide ».

—... lorsque l'épreuve des portes sera passée, l'une d'elles s'ouvrira et vous connaîtrez votre sort.

Je lui demande de reprendre, je n'ai rien suivi.

—Écoutez bien cette fois. Vous êtes dans le coma, ce qui vous a valu d'atterrir dans ce labyrinthe de souvenirs. La seule façon d'en sortir est de passer l'épreuve des cinq portes. Si ensuite votre sort est de vivre, la voie de gauche vous sera ouverte. Si par contre vous devez mourir, ce sera celle de droite que vous devrez suivre.

Je suis son regard et je vois la porte que j'avais désespérément tenté d'ouvrir tout à l'heure. J'allais donc vers ma mort ?

Glimel semble comprendre mes doutes et les éclaircit :

—Ce n'était pas votre heure, sinon elle se serait ouverte. Quoi qu'il en soit, vous avez une chance. Si vous ne faites rien, vous resterez dans le coma et finirez peut-être par mourir.

—En quoi consiste cette épreuve ?

—Chacune de ces portes renferme un pan de votre passé, un souvenir : vous devrez revivre chacun de ces moments.

—C'est tout ? je m'étonne, l'exercice ne paraissant pas compliqué.

—Oui, c'est tout. Mais ne jubilez pas trop vite, certains moments seront sûrement difficiles, sans compter que vous serez souvent seule et que le temps continuera de s'écouler parmi les vivants.

—Je me fiche de la difficulté, c'est ma vie, je la connais par cœur. Allons-y.

Je n'attends pas son approbation et rejoins aussitôt la première porte. Lorsque j'essaie de l'ouvrir néanmoins, il ne se passe rien.

—Ça ne se passe pas comme ça, me précise Glimel. Elle doit s'ouvrir d'elle-même. En attendant, vous voulez peut-être écouter vos proches ?

Il me montre le puits et ajoute :

—Si vous vous penchez dessus, vous pourrez entendre tous ceux qui sont près de vous, et...

Je me rue vers mon salut. Je tends l'oreille et, au bout de ce qui me semble être un très long quart d'heure, je finis par percevoir des murmures. Je me concentre, et la voix d'Alex chatouille mon ouïe. Il parle très bas.

— *Je ne sais pas si tu m'entends, Dana, mais je... je suis près de toi. Je ne t'abandonne pas, ni toi ni l'enfant. Le médecin dit que...*

Il étouffe un sanglot avant de continuer :

— *Il dit que tu ne t'en sortiras pas... que ta commotion est très sévère et que tu dois sûrement souffrir en ce moment même. Je sais que tu es contre tout ça, mais je...*

Je réalise, horrifiée, qu'Alex et moi avons toujours été contre le maintien artificiel de la vie. Nous ne voulions pas être une charge l'un pour l'autre. Je l'ai même écrit dans mon testament... que j'ai oublié d'actualiser depuis quatre ans ! Quelle ironie pour une avocate...

— *Dana, je ne sais plus quoi faire. Ce bébé, c'est nous, je ne peux pas...*

Il se met à pleurer. Mon cœur se brise. Je ne peux pas l'abandonner, pas maintenant. Je lui hurle que je suis là, que je l'entends, mais évidemment, je le fais en vain. Alex finit par se reprendre et ajoute :

— *Poupée, je vais te paraître égoïste, mais j'aimerais te garder encore un peu près de moi, d'accord ? Je... je vais prier.*

Il rigole entre deux sanglots.

— *Tu vois ? Moi qui ai toujours dit que Dieu n'existait pas, je me tourne vers Lui à présent. J'espère franchement que j'avais tort et que Lui ou quelqu'un m'entendra. J'ai besoin d'y croire. Quoi qu'il en soit, je te promets que je te laisserai t'en aller si ta situation ne s'améliore pas d'ici quelques... semaines. En attendant, tu respires grâce à une machine. Dans l'espoir que tu m'entendes, je resterai ici jour et nuit. J'ai pris des congés, j'avais besoin de vacances de toute façon... Et puis je vais devoir appeler ta mère aussi, j'espère que ça te convient...*

Il continue ainsi pendant longtemps, et moi je ne peux m'empêcher de pleurer. Qu'ai-je fait pour mériter un homme aussi dévoué ? Qu'arrivera-t-il si je ne survis pas ? Ce serait tellement injuste ! Je reste à l'écouter, jusqu'à ce qu'il s'absente pour passer un coup de fil à ma mère. Je sais alors qu'il n'est plus à mon chevet, mais je n'arrive pas à quitter le puits pour autant. Glimel s'approche de moi et me tapote l'épaule.

— Dana, nous devrions y aller.

— Il m'aime tant... je l'aime tant. S'il me débranche, que... que va-t-il lui arriver ? Que va-t-il m'arriver ?

— Dana, la porte s'est ouverte.

Je reprends aussitôt mes sens. J'essuie mes larmes, me redresse et me dirige vers mon nouvel objectif. Une aveuglante lumière blanche s'en dégage. Je suis incapable de voir ce qu'il y a derrière, et ça m'effraie. Pourtant, je sais que je dois y aller pour retrouver ma vie, alors j'avance d'un pas. Je tiens la poignée quelques instants pour me rassurer, puis je plonge dans la masse de blanc.

Je suis projetée dans les airs, poussée par une force incroyable. J'essaie de m'orienter, mais je me rends vite compte que je ne contrôle rien. Lorsque je finis par me laisser aller, je sens la présence de Glimel à mes côtés. Il me prend la main, pour me rassurer sans doute, et nous sortons enfin du nuage.

Nous tombons ensuite à une vitesse vertigineuse. Je hurle de peur. Mon nouveau guide m'assure alors d'une voix calme qu'il a le contrôle, qu'il fait ça pour la seconde fois déjà. Étrangement, le savoir ne me rassérène pas, bien au contraire. Je m'égosille davantage, et il continue en m'expliquant tout un tas de choses qu'il a apprises durant ses formations. Je ne comprends rien à son charabia et prie juste pour qu'on arrive sains et saufs en bas, même si je sais que je suis en sécurité dans un lit d'hôpital.

Après avoir épuisé mon quota de hurlements, je finis par voir des habitations se dessiner en contrebas. Je mets du temps à reconnaître la maison de mon enfance, sur la rue Édouard Montpetit à Montréal. Je devine aussi, en balayant les alentours, que nous sommes remontés plus de vingt ans en arrière. L'état de la station essence où allait souvent mon père me donne plus de précisions sur la période.

— Je sais ce qui m'attend, j'avoue à Glimel à l'instant où nous traversons le toit de ma maison comme des fantômes.

J'aperçois mes parents à table et je ne peux retenir un cri d'horreur.

Non !

2.

« I tasted, tasted love so sweet
And all of it was lost on me
Bought and sold like property
Sugar on my tongue. . . »[2]

All we are — Math Nathanson

---

[2] J'ai goûté, goûté à un amour si tendre,
Puis, tout m'a été subitement arraché,
Pris, puis vendu comme une quelconque propriété,
Le goût de l'inachevé reste sur ma langue...»

~Porte 1

Retour en enfance

—Tout va bien, Dana ?

Je ne réponds pas. Je m'approche par réflexe de la table du salon. Tout y est exactement comme dans mes souvenirs. La porte beige menant au bureau de mon père, le cagibi derrière le rideau bleu au fond de la pièce, l'escalier en bois qui grince à chaque marche, la table à repas toujours dressée de ses six couverts, le coin télé avec son canapé douillet, et enfin, l'immense représentation grandeur nature d'Albator près de la porte d'entrée.

Je m'en approche et essaie de la toucher. Ma main passe à travers l'objet, et je ne peux retenir un sourire triste. Je réalise que la « statue » me manque. Mon père l'avait ramenée d'un voyage au Japon pour me faire plaisir. En bonne fan de manga que j'étais, je l'avais très tôt invité dans mon univers, et il avait fini par s'y plaire ! Nous passions des heures à lire les aventures du pirate de l'espace, sans jamais nous en lasser. Et dire que je n'ai pas ouvert la moindre bande dessinée depuis des années...

—Dana ? répète Glimel en se rapprochant. Tout va bien ?

—Hum oui, je réplique sans conviction. Je regarde juste les environs. Je ne suis pas revenue ici depuis des années.

—C'est pour ça que vous avez crié en arrivant ?

J'ignore sa question et jette plutôt un coup d'œil à mes parents qui discutent toujours sans nous prêter attention.

Mon père boit son jus d'orange fraîchement pressé, tout en expliquant à ma mère comment son addiction au café et à la cigarette finira par la tuer un jour. Elle réplique que son cœur est solide et qu'elle vivra plus longtemps que lui. Sa réaction m'exaspère, j'ai même envie de lui hurler dessus, mais elle ne m'entendrait pas de toute façon.

Je la contourne et détaille mon père, qui se fait un plaisir d'argumenter que, en tant que pharmacien, il sait prendre soin de lui. Il termine ensuite son concentré de vitamine C matinal et s'écrie :

— Est-ce que notre star va se donner la peine de descendre maintenant ? Il est temps d'aller en cours !

— J'arrive, papa ! Une minute ! s'écrie une petite voix venant de l'étage.

Je me rends alors compte que je n'ai jamais assisté à cette discussion entre mes parents. J'étais dans ma chambre en train de me préparer pour l'école.

Je peux aller au-delà de mes souvenirs ?

J'aimerais poser la question à Glimel, mais je reste muette en me voyant dévaler bruyamment les escaliers.

J'ai onze ans, et je suis coiffée de ces ridicules couettes que mon père adorait. Je mesure un bon mètre soixante et je suis si rondelette que mon visage ressemble à un ballon de rugby. Je suppose que mon ancienne passion pour le Nutella y était pour beaucoup. J'étais capable d'en manger à tous les repas, tout en étant allergique à toute autre activité que la lecture de mangas. Toutefois, excès de poids ou pas, le large sourire sur mes lèvres et mes yeux pétillants indiquent que je suis heureuse.

Dès que je suis face à mon père, il me donne une taloche parce que j'ai oublié de mettre mes bas. Je fais demi-tour en boudant et lorsque je reviens, chaussettes aux pieds, je me jette littéralement sur le paquet de brioches laissé sur la table. Autant dire que les réserves de Nutella et de confiture ont pris un coup en seulement quelques secondes. La réaction de mon père ne tarde pas. Il me gronde pour que je mange plus lentement, voire moins. Pour le mètre quatre-vingt-huit de muscles qu'il est, mon manque d'exercice physique est une hérésie. Je vois dans ses yeux, et aussi dans son soupir trop bruyant, qu'il est désespéré. J'obéis alors. Il s'assied près de moi pour me poser quelques questions de routine :

— Tu as tout pris, tout fait, ma chérie ?

— Oui, papa.

— Même ta prière ?

— Hum oui !

Il me pince aussitôt le nez.

— Menteuse ! Dieu n'aime pas les menteuses, tu le sais bien !

— Laisse-la tranquille, intervient ma mère en finissant sa tasse de café. Elle est encore jeune et elle n'est pas obligée de pratiquer, que je sache.

— Toi, tu dis ça juste parce que tu n'y crois pas une seconde.

— Je suis baptisée, je te signale.

— Oui, mais...

Il hésite en voyant que je lui fais de grands yeux, puis hausse les épaules avec lassitude :

— Peu importe. Allez, préparez-vous ou votre chauffeur partira tout seul. Allez, dépêchons !

L'enfant que je suis sourit d'avoir échappé à la corvée de prière et termine son petit-déjeuner en vitesse. À cet instant, je suis submergée par une débordante sensation de joie, comme si j'étais de nouveau cette gamine.

—C'est normal de ressentir un trop-plein d'émotions, explique Glimel qui semble lire dans mes pensées. Pour l'instant, vous êtes à la fois vous et cette enfant, ça peut paraître confus par moments.

—Je peux... faire quelque chose qui ne s'est pas déroulé ce jour-là ?

—Pas vraiment. Ce n'est qu'un souvenir, rien d'autre.

—Pourtant, j'ai...

Les mots meurent dans ma bouche lorsque, une fois prête, la petite Dana s'arrête devant la porte pour embrasser mon père sur la joue. Il me prend alors dans ses bras. Je sens toute la chaleur de cette étreinte, je profite de ce sentiment de sécurité jusqu'à la dernière seconde avant de me séparer de lui pour rejoindre la voiture en courant.

Je ne me souvenais pas de ça ! Comment ai-je pu l'oublier ?

Lorsque je crois être au bout de mes surprises, je vois ma mère revenir sur ses pas pour souffler quelque chose à son mari. Elle lui tend ensuite une sorte de livret, qui réussit à le faire sourire. Je meurs d'envie de savoir ce qu'ils se disent, mais leurs voix me sont inaudibles. Après un échange qui vire très vite à la dispute, mon père repose l'objet sur la table basse, et mes parents quittent enfin la maison. Je me précipite sur le document pour essayer de comprendre.

Je suis transportée dans la voiture avant de l'atteindre. Je n'ai pas le temps de digérer ma frustration que Glimel apparaît à mes côtés, une question sur les lèvres.

—Votre père est un religieux alors ?

—Il est plus que ça, il est croyant. Il est né chrétien ; puis il a découvert le bouddhisme, le judaïsme et finalement l'islam. Il dit que Dieu aime tous ses enfants, peu importent leurs origines ou leurs coutumes. Il dit aussi que la pratique naît dans nos cœurs et que...

Ma gorge se noue en repensant à ces paroles.

— ... et que la façon de prier importe peu.

— Un sacré personnage. Avez-vous suivi ses traces ? Êtes-vous croyante ?

— Je... je ne sais pas... je ne sais plus.

Glimel n'a pas le temps d'en demander plus que nous voilà déjà devant le collège Victoria, un imposant bâtiment du chemin de la Côte-Sainte-Catherine.

Je suis mon ombre qui, après un au revoir routinier à mes parents, se rapproche des murs de l'établissement en marchant. Mon sourire a disparu pour céder la place à un masque inébranlable. Je me rappelle alors pourquoi je parais différente, pourquoi je ne cours pas, pourquoi je ne me suis jamais empressée d'aller en classe. Je n'en avais aucune envie, je détestais même ça.

Pourtant, l'endroit est plutôt accueillant, immense et extrêmement coûteux. Mes parents ayant souhaité m'offrir la meilleure éducation possible, la découverte de ce collège privé pour filles à seulement deux rues de la maison avait été une aubaine. Ils avaient tout de suite réservé une place pour ma sixième primaire, l'équivalent de la sixième en France. En me basant sur la marque indélébile qu'a laissée cette journée dans ma mémoire, je sais qu'il s'agit de mon troisième semestre à Victoria.

Les couloirs défilent les uns après les autres, sans que je croise la moindre connaissance. Je continue de suivre la fillette à distance, comme si elle pouvait sentir ma présence. Ce qui est, bien sûr, impossible. Ma filature se poursuit jusqu'à la bibliothèque, près de laquelle je tourne dans un couloir et me heurte à quelqu'un avant de m'étaler au sol.

J'accélère pour mieux voir la scène. Au moment de découvrir la personne que j'ai percutée, je me sens aspirée par mon corps d'enfant. J'essaie de résister, de m'accrocher à quelque chose, mais vu que je ne suis pas vraiment là, autant dire que c'est peine perdue. Je cherche Glimel des yeux, vainement. Moins d'un battement de cils plus tard, je suis à l'intérieur même de l'enfant de mon souvenir.

Tout change alors. Je vois plus clair, mon corps est plus léger, mon cerveau bouillonne de pensées étranges et inutiles, mes mains sont d'une douceur étonnante, je suis de nouveau une enfant. Je lève les yeux et croise enfin le regard de celle que j'ai bousculée. Moi qui pensais ne jamais la revoir.

La Gloutonne !

~~Porte 1~~

Dans le corps d'une enfant

—Eh, Dana ! Tu r'gardes pas où tu vas ?

—Je... pardon.

Je tremble malgré moi, parfaitement consciente que c'est stupide. Je sens cette peur panique qui m'a longtemps paralysée, celle de recevoir des coups, quand bien même La Gloutonne ne m'a, en réalité, frappée qu'une fois — et en dehors du collège, histoire d'avoir une certaine emprise sur moi. Elle avait réussi.

—T'as intérêt à être désolée, 'tit singe, réplique-t-elle avec un grand sourire. Il est là, mon goûter ?

—Oui...

Je lui tends un paquet de biscuits sans m'arrêter de trembler. Elle s'en empare et s'éloigne après m'avoir tiré la langue. Je dépoussière machinalement ma tenue et continue vers la bibliothèque.

Je me souviens de ce qui me valait ces réprimandes de la part d'Audrey, plus connue sous le nom de La Gloutonne à cause de son imposante masse de graisse, qui défiait toute concurrence. Mon père est noir. Audrey m'appelait « 'tit singe » et me brimait mentalement, mais, même si elle était une peste, les autres enfants n'étaient pas non plus des tendres. Les noirs jouaient entre eux, les blancs aussi, moi je n'étais ni l'un ni l'autre. Mon physique caucasien me valait l'incompréhension et le rejet des uns, mes origines, celui des autres. Il avait fallu quelques années pour que cet isolement disparaisse.

Le cœur encore battant, je récupère un livre de mathématiques à la bibliothèque avant de me rendre en classe. Heureusement, je n'ai pas cours avec La Gloutonne. Lorsque le professeur fait son entrée, mon rythme cardiaque a considérablement ralenti. M. Lard — son nom en avait déjà amusé plus d'un — pose un problème de mathématiques dont la simple vue m'aurait aujourd'hui donné des maux de tête. Pourtant, la solution me vient naturellement, et je me retrouve très vite à attendre la suite. M. Lard ne tarde pas à appeler Tiffany au tableau, la préférée de son cours et de toute la classe.

Lorsqu'elle se trompe au vu et au su de tous, je ne peux m'empêcher d'être ravie. Je m'en veux aussitôt de mon attitude et prie pour que M. Lard ne me désigne pas, car je suis souvent son second choix. Je n'ai aucune envie d'affronter tous ces regards. Les rares fois où j'ai eu à faire face à un auditoire, j'en ai eu les mains moites, la bouche sèche et l'estomac noué, ce qui a souvent conduit à une variante assez originale de la crise d'aphasie. Et pourtant, je suis devenue avocate...

— Est-ce que vous m'entendez, Mademoiselle Bell ?

— Oui, Monsieur ! je réponds en sursautant.

— Je disais que vous étiez attendue dans le bureau de Madame Wood. Filez, au lieu de martyriser votre pauvre crayon.

Toute la classe s'esclaffe au moment où ledit objet se brise entre mes mains stressées. Je m'excuse et m'éclipse aussi vite que possible.

Dehors, j'inspire profondément pour reprendre mon calme, et je prends la direction du bureau de la Principale. À mesure que mes pas caressent le sol, je me dis que c'est le moment idéal pour sortir de mon corps d'enfant. Je sens d'ailleurs que je perds peu à peu ma lucidité et ma connaissance du futur. J'essaie d'appeler Glimel, mais évidemment, ma voix ne porte pas. Je suis enfermée, prisonnière d'un simple souvenir. Je finis par me résigner lorsque j'arrive à destination. La secrétaire m'annonce et me demande de patienter.

S'ensuit alors une succession de pensées totalement irrationnelles vu que je sais exactement ce qui va se produire. Qu'ai-je fait ? Pourquoi suis-je ici ? La Gloutonne m'a-t-elle joué un tour ? Quelqu'un d'autre peut-être ? Vais-je être punie parce que je me suis moquée intérieurement de Tiffany ?

Mais à quoi est-ce que je pense ? Le karma n'a jamais été aussi soucieux du détail !

Mon tourment prend fin lorsque je suis invitée à entrer dans le bureau. J'hésite en voyant la Principale au téléphone, puis je m'installe dans l'énorme fauteuil en face d'elle.

Même assise, Madame Wood est imposante. Grande, droite, les cheveux toujours relevés en un chignon impeccable, elle dégage une assurance à toute épreuve. C'est une dame de fer, une de celles qui flairent le mensonge à l'instant précis où vous y pensez. Elle vous regarde droit dans les yeux et vous savez que vous n'avez plus que dix secondes pour tout avouer, dans le détail.

Je me suis fait avoir une fois. J'avais écrit un texte où je racontais comment une élève de mon âge frappait un sosie d'Ophélie, la seule en dehors de La Gloutonne à appeler mon père « le nègre ». Tous les soupçons s'étaient portés sur moi lorsque, le lendemain, Ophélie était venue en cours avec un œil au beurre noir — dont je n'ai d'ailleurs jamais connu la provenance. Bien sûr, j'ai menti pour ne pas être punie, mais la Principale avait su. J'ai fini par tout lui avouer, en précisant que jamais je n'oserais me venger en vrai. Elle n'avait fait aucun commentaire, mais le regard meurtrier que m'avait lancé Ophélie le jour suivant laissait supposer qu'elle avait été réprimandée.

Je n'ai plus jamais eu affaire à Madame Wood, jusqu'à aujourd'hui.

Elle me jette des coups d'œil discrets tout en discutant au téléphone d'un sujet auquel je ne comprends rien. Elle finit par raccrocher au bout de dix longues minutes et me détaille en silence avant de parler :

— Bonjour, Dana. Sais-tu pourquoi je t'ai convoquée ?

— Non, Madame.

— Rassure-toi, tu n'as rien fait de mal. Tu es même plutôt exemplaire, si j'en crois ton dossier. Une enfant tranquille, sans histoires, qui ne se plaint jamais de surcroît.

Son discours ressemble à du charabia, une succession de phrases politiquement correctes sans corrélation avec la réalité. Je n'écoute pas tout, mais je saisis parfaitement la fin :

— Bref, je ne vais pas te faire languir plus longtemps. Tes notes sont excellentes.

Hein ? Je suis loin d'être parmi les meilleurs élèves, pourtant !

La Principale doit voir le choc sur mon visage, car elle s'explique :

— Je veux dire que tu as d'excellentes notes en français. La dernière rédaction que tu as rendue à ton professeur l'a épaté. Il te propose une place dans un stage littéraire que son association organise chaque été. J'ai pensé que cela pourrait t'intéresser. Si oui, parles-en à tes parents et tenez-moi au courant. Avant le début de l'été, de préférence.

Je suis abasourdie. J'acquiesce une fois pour signifier que j'ai compris, puis une seconde fois parce que je ne sais pas quoi faire d'autre lorsque je constate que son regard reste braqué sur moi.

— Tu peux disposer, Dana, conclut-elle en esquissant un sourire si léger que j'ai l'impression de l'avoir imaginé.

J'ai soudainement envie de lui poser plein de questions sur sa proposition, qui m'intéresse plus que je ne le montre. J'aime tellement raconter des histoires ! Seulement, malgré ses efforts pour paraître affable, le ton de la Principale n'invite pas à la contradiction. Il n'y a qu'une solution possible : abonder dans son sens.

— Merci, Madame, j'ose enfin dire avant de me lever. Je vais en parler à mes parents.

Je la remercie encore et quitte la pièce.

Surprise par cette étrange proposition, le chemin jusqu'en classe me paraît trois fois trop long. J'adorerais faire ce stage. Si je suis douée, peut-être même pourrais-je changer d'école ? Ne plus jamais revoir La Gloutonne ? Cette idée me galvanise, et c'est toute joyeuse que je retourne à mon siège.

Le reste de la journée s'écoule rapidement. Quand la cloche sonne enfin, je quitte le collège avec soulagement et cours presque jusqu'à la maison pour raconter la bonne nouvelle à mes parents. Heureusement, la route n'est pas bien longue.

Lorsque j'arrive chez moi, je comprends, d'après *l'a cappella* que j'entends depuis la porte, que ma tante est déjà là. Elle me garde souvent après les cours. Que je sois parfaitement capable de rester seule à la maison ne compte pas. Mon père est intransigeant là-dessus, d'autant plus que sa sœur ne travaille pas. Je me demande d'ailleurs comment elle gagne sa vie. Des fois, je me dis qu'elle devrait chanter pour de vrai, à la télé. Elle a une voix qui vous transporte dans des endroits magiques, qui vous donne la chair de poule. J'adore l'écouter. J'en profite encore un peu, puis je sonne.

L'a cappella cesse très vite et j'entends des bruits de pas désordonnés. Une longue minute plus tard, tante Annah apparaît enfin. La sœur de mon père, la seule famille qu'il ait au Canada, porte un simple jean et un t-shirt, n'est ni coiffée ni maquillée. Elle n'a pas son irréprochable brushing, et pire, elle n'a même pas caché ses nombreuses boucles sous un foulard, la preuve irréfutable de la nature crépue de ses cheveux. À ce moment, je sais que quelque chose cloche. Tante Annah est, comme elle aime le souligner, une femme distinguée — qu'elle ait un travail ou pas. Elle ne sort jamais sans une tenue soignée, les chaussures qui vont avec, le parfum adéquat, et encore moins la tête non coiffée. Il n'y a qu'une explication: elle est partie en hâte de son domicile. Et elle n'a même pas pris le temps de s'arranger une fois chez nous! J'ai sous-estimé la situation. Il a *vraiment* dû se passer quelque chose de grave.

Dès qu'elle m'ouvre, je demande:

— Tata ? Qu'est-ce qu'il y a ?

Elle a un sourire crispé, serre son t-shirt pour se donner une fausse contenance, fuit mon regard et déclare:

— Écoute, ma chérie, je dois te dire quelque chose.

Elle marque un long silence. Puis me regarde enfin:

— Ton père n'est pas très en forme, alors on va aller le voir pour lui remonter le moral, OK ? Ta maman est avec lui, en attendant.

La proposition de la Principale s'efface instantanément de mon cerveau pour laisser place à l'inquiétude.

— Il ne... va pas bien ? Qu'est-ce qu'il a ? je demande, la gorge tellement nouée que j'ai l'impression de ne plus pouvoir respirer.

— Rien, rien ! Viens avec moi, d'accord ? Je t'expliquerai en chemin, tu veux ?

J'ai déjà les yeux embués de larmes. J'acquiesce et la suis. Mon cœur bat la chamade, et même si je sais tout ce qui va se dérouler, je ne peux l'empêcher. J'avance sans un mot, tout en essayant d'étouffer mes sanglots en reniflant régulièrement. Annah reste également assez silencieuse, n'utilisant son quota de paroles que pour les choses essentielles : appeler un taxi, donner l'adresse et me rassurer de temps en temps sur le fait qu'il n'y ait pas à s'inquiéter. Je subis la situation sans résister et passe tout le trajet à observer le paysage.

Il fait très beau pour un mois d'avril. Il n'y a plus de brise, pas de nuage à l'horizon, le soleil est au zénith, et le thermomètre atteint facilement les vingt-cinq degrés. Les rues de mon enfance défilent sous mes yeux comme dans un film et, le front collé à la vitre, je me pose une seule question : pourquoi ? Je ne sais pas si c'est l'adulte ou l'enfant qui s'interroge, ce pourrait être les deux. Quoi qu'il en soit, je n'obtiens aucune réponse avant d'arriver à destination.

Annah descend du véhicule, paie et m'invite à lui emboîter le pas. J'obéis et pénètre avec elle dans l'enceinte d'un hôpital dont je ne relève pas le nom. Impossible de dire en combien de temps nous avons rejoint le bon service, toujours est-il que nous avons suivi les instructions d'une infirmière à la lettre et avons fini par arriver dans un long couloir moins bondé que les autres. Ma tante le traverse en agrippant nerveusement son jean et en me jetant des coups d'œil furtifs. Une partie de moi — sans doute la plus détraquée — songe qu'elle ressemble à une droguée, à trembler ainsi. Heureusement, ça ne dure pas. Elle s'arrête devant une porte, m'installe sur un banc en face et me demande de l'attendre sagement. Je m'exécute et elle entre dans la pièce.

Quelques hurlements plus tard — signes d'une dispute entre ma mère et ma tante à propos de mon père —, un médecin passe devant la chambre, me remarque et m'interroge :

—Tu es toute seule, petite ?

—J'attends ma tante et ma mère. Elles sont dans cette pièce. Elles parlent de mon père.

—Et il s'appelle comment, ton papa ?

—Calvin, Calvin Bell.

—Oh...

Son expression passe de la bienveillance à l'indécision.

—Vous le connaissez ? Il est malade ?

—Je crois que c'est à ta famille de te parler de ça. Tu t'appelles comment ? Tu veux que quelqu'un vienne attendre avec toi ?

Je secoue la tête pour lui signifier que ce n'est pas nécessaire, et il ajoute :

—Écoute, petite, je vais quand même demander qu'on vienne te tenir compagnie, d'accord ? Je reviens tout de suite, ne bouge pas.

Je le regarde s'en aller en m'interrogeant. Avait-il essayé de me réconforter ? Pourquoi le ferait-il ? Mon père se porte bien, je le sens tout au fond de moi.

Ma mère interrompt le fil de mes pensées. Elle apparaît enfin devant moi, ses yeux gonflés par les larmes, son maquillage détruit, ses cheveux attachés en queue-de-cheval — la coiffure qu'elle déteste le plus. Elle me semble tout de suite plus âgée avec ses traits déformés par le mélange de tristesse, de colère et de culpabilité que je perçois sur son visage. Elle n'est plus aussi belle qu'à l'époque où elle me faisait rouler sur ses pieds pour jouer. J'ai l'impression que c'est loin, maintenant.

Peut-être que ce n'est pas papa, mais maman qui a un problème, non ? Ils se sont sûrement encore disputés à propos de la cigarette. Papa dit qu'elle est « accro ». Elle a essayé d'arrêter une fois ou deux, mais elle n'y est jamais arrivée. En dehors de ça, ils sont très heureux, tout le temps en train de se faire des câlins. J'avoue que ça me dégoûte, mais au fond, je préfère les voir comme ça que malheureux. Ça prouve qu'ils seront toujours là l'un pour l'autre, n'est-ce pas ?

Je suis certaine d'avoir dit tout ça à haute voix, mais en observant ma mère s'asseoir près de moi avec ce même air de compassion — ou de pitié, je ne saurais trancher —, je m'aperçois que je me suis trompée.

— Ma chérie, ta tante t'en a peut-être déjà parlé, mais ton père ne va pas bien, il a...

Elle continue en m'expliquant qu'il a un cancer des poumons, en phase terminale. En fait, il ne va pas bien du tout. Il est très malade et doit suivre des traitements agressifs pour rester en forme. Je ne suis pas sûre d'avoir tout compris dans le terme « traitement agressif », mais j'ai retenu que mon père pouvait nous quitter à tout moment s'il ne se soignait pas.

Lorsqu'elle a fini, ma mère renifle une énième fois et conclut :

— Mais ça va aller, Dana. Nous allons l'aider autant que possible. Il sera bientôt guéri, tu m'entends ?

— Je peux le voir ? je demande, incapable de savoir ce que je ressens à cet instant.

— Euh oui, bien sûr. Suis-moi.

Elle m'accompagne dans la pièce d'où elle est sortie. J'aperçois d'abord ma tante, debout face à la fenêtre. Elle a le dos tourné, mais je devine qu'elle est en colère. Je peux presque voir la rage émaner de son corps. Je continue jusqu'au centre de la chambre et j'y découvre mon père, assis sur un lit d'un blanc effrayant. Il est aussi souriant que le matin même, seulement je décèle une différence : son regard a changé.

— Eh, ma chérie, dit-il en me voyant, je n'ai pas droit à un câlin ?

J'ai peur de lui faire mal, alors je m'avance prudemment et lui prends la main.

— Alors ? C'était comment l'école ?

— Tu vas mourir, papa ?

Un silence gêné accompagne ma question.

— Toujours aussi directe, hein ? Mais non, ma chérie, je ne vais pas mourir. Je vais me faire soigner, c'est tout. C'est comme une très grosse grippe. Tu me crois ?

— Tu me promets ? Tu ne m'abandonnes pas ?

— Jamais ma fille, jamais ! Je serai sur pied dans quelques mois, tu verras.

J'entends ma mère étouffer un sanglot. Ma tante n'a toujours pas bougé. Pourquoi ne se réjouissent-elles pas de la possibilité que mon père aille mieux ? Je ne comprends pas. Pour ma part, je suis ravie que tout ceci ne soit qu'un mauvais moment à passer. Je lui réponds donc :

— Très bien, papa, je te crois. Je viendrai te voir avec de la soupe tous les jours, tu guériras plus vite comme ça.

Il jette un coup d'œil lourd de sens à sa femme.

— Hum bien sûr que tu peux ! J'ai hâte d'y être. En attendant, tu retournes à l'école et tu restes bien sage, OK ? Tu viendras me voir les week-ends. Le reste du temps, maman et tata s'occuperont de moi à tour de rôle. Et n'en parle pas à tes camarades, ou alors ils vont s'inquiéter pour rien. Marché conclu ?

J'opine du chef, l'embrasse sur la joue, puis me fais raccompagner à l'extérieur par ma mère. Elle me reconduit jusqu'à la maison. Là, elle me prend dans ses bras et m'assure qu'elle m'aime. Je lui retourne les mêmes paroles avant de courir regarder la télé, bien décidée à suivre les conseils de mon père et n'en souffler mot à personne. Ce sera notre secret.

Porte 1

Clôture de rideaux

Les jours passent ainsi, moi allant en cours, ma mère se rendant à l'hôpital avec de la soupe maison. Je lui ai très vite parlé du stage d'écriture, et elle m'a proposé d'en rediscuter lorsque le troisième membre de notre famille se porterait mieux, ce à quoi j'ai consenti. Je savais que ce serait pour bientôt.

Le premier week-end, ma visite à l'hôpital dure près de quatre heures. Mon père donne l'impression d'avoir un peu maigri, alors je lui promets d'apprendre à cuisiner pour lui préparer quelque chose de consistant. Il accepte, l'air amusé, avant de proposer de se détendre avec des jeux de société. Nous passons d'excellents moments à jouer au scrabble et à inventer une suite aux aventures de notre pirate de l'espace préféré.

La semaine d'après s'écoule de la même manière. Les plateaux-repas à destination de l'hôpital s'enrichissent de pancakes réalisés à quatre mains et de beaucoup de sirop d'érable. Ma mère m'en fait un retour positif, même si je me doute qu'elle trouve cet excès de sucre mauvais pour sa condition. Elle me rapporte au fil des jours que notre malade préféré va mieux et qu'il est ravi de mes attentions. C'est donc le sourire aux lèvres que je m'apprête pour lui rendre visite le samedi suivant, mais ma mère freine mon entrain. Elle m'annonce que mon père doit subir une petite intervention et qu'il ne peut recevoir personne avant le mardi d'après.

J'obtempère. À la prochaine occasion, j'ai droit à une autre excuse. Notre malade doit être transporté dans une clinique pour suivre un traitement expérimental. Impossible de le voir pendant encore une dizaine de jours. Ma mère me transmet par contre des photos de lui prouvant qu'il va bien, ainsi que des lettres disant qu'il pense à moi. Revigorée, je prends mon mal en patience.

Après près de deux mois de raisons toutes plus inédites les unes que les autres, je finis par craquer et affronte ma mère :

— Maman, pourquoi je ne peux pas aller voir papa ? Dis-moi la vérité.

— Je te l'ai déjà expliqué, ma chérie, c'est juste la faute à pas de chance. Ton père pense à toi tout le temps, tu dois me croire. Il est toujours ravi de recevoir tes cadeaux.

— Et je ne peux pas y aller en semaine ? Si je manque l'école une fois : ça va, non ?

— Dana ! C'est hors de question, ton père n'apprécierait pas ! me gronde-t-elle. Qu'est-ce qu'il dit toujours ?

— L'école, c'est l'avenir.

— Voilà. Tu sais donc ce qu'il en pensera si tu manques un cours. Je te conseille vivement d'oublier ça. Tu ne veux pas le décevoir, n'est-ce pas ?

J'essaie d'obéir, mais c'est dur. Je tiens encore une semaine, puis je finis par demander le soutien de ma tante. Je rencontre malheureusement un mur lorsqu'elle me déroule le même discours. Je pense alors à me rendre seule à l'hôpital, mais je réalise que je serais incapable de trouver mon père sans l'aide de personne. Aucune infirmière ne me conduirait à sa chambre sans un accord parental. Je ne suis qu'une enfant.

Désespérée, je refuse de manger ce soir-là, en espérant que ma rébellion obligera ma mère à exaucer mon souhait. Ma tentative ne réussit qu'à la lasser. Elle me précise que mon attitude ne résoudra rien et range la vaisselle sans avaler quoi que ce soit. Je ne tarde pas à finir en larmes dans ma chambre. Elle me rejoint, et après une longue discussion, je me calme et nous nous endormons dans les bras l'une de l'autre.

Ce regain de vitalité ne dure malheureusement pas longtemps. Une semaine plus tard, par un beau vendredi du mois de juillet, ma mère rentre du travail, le visage livide. Sur le coup, elle me donne l'impression d'avoir maigri. Ses joues semblent s'être creusées avec le temps, ses clavicules sont saillantes, ses mains sont sèches et tremblotantes, même ses cheveux ont perdu leur volume et leur brillance.

Je suis tellement impatiente de savoir ce qui la tourmente que je ne m'y attarde pas. Je l'interroge sans attendre qu'elle pose son sac. Elle m'assied et, lentement, posément, m'annonce que son mari n'a pas réussi à vaincre la maladie. Qu'il n'a pas survécu. Qu'il n'est plus là.

Ses mots sont d'une simplicité effrayante. Étrangement, je me demande à cet instant à quoi peut ressembler le visage de mon père maintenant qu'il est figé, s'il sourit ou s'il est triste, s'il a fondu ou grossi depuis ma dernière visite. Après un long moment à me poser ces questions stupides, je réalise enfin la gravité de la situation. *Il est mort.* Parti. Disparu. Rayé de la carte. Je ne verrai plus son sourire, je ne l'entendrai plus me gronder, je ne lirai plus de mangas avec lui. Ce chapitre de ma vie est clos... et je ne lui ai même pas dit « au revoir ».

— Je n'ai pas pu le voir une dernière fois, je bégaie.

— Ma chérie, tu dois savoir que...

Je ne la laisse pas terminer et cours me réfugier dans ma chambre. Tout s'écroule. La terre arrête de tourner, les couleurs se ternissent, l'air devient lourd. J'ai du mal à respirer, à marcher, à pleurer. Ma mère frappe à ma porte et me demande si j'ai besoin de quelque chose. Je ne lui réponds pas. Je m'enferme à clef en priant pour qu'elle disparaisse. Pour la première fois de ma vie, je ressens de la haine pour elle. Elle m'a empêché de dire au revoir à mon père, et ça, je crois que je ne lui pardonnerai jamais.

Je m'effondre à même le sol, incapable d'arrêter mes larmes, mes reniflements ou quintes de toux. L'air me manque, je me tiens la poitrine pour essayer de comprimer la douleur. Je n'y parviens pas, alors je me lève, cherche un support. Il m'est impossible de concevoir la vie sans mon père. Il est le socle sur lequel je me repose, mon équilibre. Comment ne pas tomber après ça ? Comment se réveiller, manger, aller en cours, rire ?

Rire !

Cette pensée me torture davantage. J'ai l'impression qu'on m'a enfoncé un poignard dans le cœur. Bientôt, même sangloter devient douloureux. Puis, c'est le tour de ma gorge, jusqu'à ce que plus aucun son n'arrive à en sortir, comme si mes cordes vocales s'étaient atrophiées. J'étouffe. Je veux crier pourtant, frapper, mourir. J'aimerais m'en aller, loin, partir là où l'air sera plus respirable. Ironiquement, je ressens le besoin inédit de courir.

✿ L'antichambre

— Dana ?

Je me retourne et me retrouve face à Glimel. J'ai quitté mon corps d'enfant pour redevenir un fantôme. Je me rends aussi compte que j'avais perdu la conscience de moi et que *j'étais* cette enfant pendant un moment.

— J'ai... été absorbée. Puis j'ai oublié qui j'étais, j'étais elle.

— C'est le principe de l'épreuve, en tout cas pour certains de ces aspects. Vous devez revivre ces moments, vraiment, pas juste les observer.

— Je vois... je... d'accord.

Je ne peux retenir un torrent de larmes.

— Je ressens encore tant de colère, de tristesse ! Je... je ne comprends pas, je pensais... je pensais que tout ça était derrière moi.

— Vous en voulez beaucoup à votre mère apparemment. Vous croyez qu'elle vous a séparée de votre père, voire qu'il est mort à cause d'elle, je me trompe ?

Je sèche mes larmes et lâche froidement :

— Je ne le crois pas, je le sais. Mon père n'a jamais fumé de sa vie. Le docteur qui s'est occupé de lui m'a expliqué plus tard qu'il devait en inhaler régulièrement depuis des années. En plus, j'ai mené mon enquête et il n'a jamais eu d'interventions dans d'autres cliniques. Elle n'a fait que me mentir. Quelles conclusions je devais en tirer ? Elle a ruiné les derniers moments que j'aurais pu avoir avec mon père, elle a détruit mon enfance !

Je suis étonnée de l'animosité dans mes propos. Je ne suis pas très proche de ma mère, mais je pensais lui avoir pardonné, être passée à autre chose. Je me suis trompée.

—Dana, je ne suis pas vous, alors je ne vais rien présumer, mais avez-vous envisagé que peut-être, je dis bien peut-être, votre père n'avait pas voulu que vous le voyiez sur son lit de mort ?

—J'y ai pensé, évidemment. C'est d'ailleurs sur ce doute que j'ai décidé de garder une relation courtoise avec ma mère et ne pas couper les ponts, vu qu'elle n'a jamais rien voulu me dire. Mais ça ne change rien au fait qu'elle l'a rendu malade.

—Hum, je vois. Et ce livret ? Qu'est-ce que c'était, d'après vous ?

—Je n'en sais rien, je n'ai pas réussi à l'atteindre avant d'être projetée dans la voiture.

—Tenez.

Il me tend un livret bleu que je regarde avec curiosité. Il y est inscrit : « *Comment arrêter de fumer en trois mois* ». Je le feuillette rapidement et reconnais très vite l'écriture de ma mère au fil des différentes étapes, ainsi que les dates y correspondant. Elle essayait. Elle n'avait pas fumé depuis plus d'un mois lorsque j'ai appris pour mon père. Mes mains se mettent aussitôt à trembler.

—Elle s'y était vraiment mise cette fois...

—Je ne sais pas si elle était au courant ou non de sa maladie ni si elle a causé sa mort, appuya Glimel. Mais, en tout cas, vous ne pouvez pas lui reprocher de ne pas avoir essayé.

Je réalise alors que je n'ai pas vu ma mère fumer durant cette période, ou même après ça. Comment ce détail a-t-il pu m'échapper ? Je vivais pourtant avec elle, mais apparemment je ne lui prêtais plus aucune attention.

— Elle... j'ai peut-être été dure avec elle à ce moment-là. J'ai pris mes distances alors qu'elle aussi était en deuil... mais je lui en voulais tellement que...

— Oh. Je sens l'appel de la prochaine porte. Nous devons y aller.

— Attendez ! Pourquoi ai-je accès à ce document ? Pourquoi je peux voir des choses dont je ne me souviens pas ?

— Votre cerveau détient l'information, autrement vous n'y auriez pas accès. On ne fait que se balader dans votre mémoire, rien d'autre. Vous avez dû tomber sur ce livret plus tard, même furtivement, et vous l'avez sans doute oublié. Ça arrive plus souvent qu'on ne le pense, vous savez ! On voit des choses, vit des choses, mais on n'en retient qu'une toute petite partie. Allez, assez parlé : la suite nous attend !

— Attendez ! Attendez ! Pas si vite ! Je veux y retourner, lui demander pardon, tout refaire ! Je veux...

Avant que Glimel ne dise quoi que ce soit, je comprends l'absurdité de ma requête. Les dés sont jetés. Je ne suis pas dans le présent, mais dans le passé. Je retiens des larmes de regret en sentant une force nous aspirer. J'appréhende la suite.

3.

« I kept falling over,
I kept looking backward
I went broke believing
That the simple should be hard. . . »[3]

All we are — Math Nathanson

---

[3] «Je n'arrête pas de tomber,
Je n'arrête pas de regarder en arrière,
Je me suis trompé,
En pensant que les choses simples
devaient être compliquées...»

～Porte 2

Le coup

J'ai couru. Des kilomètres sous le soleil, la pluie, la neige, le froid. J'ai couru comme si ma vie en dépendait, comme si seules mes jambes pouvaient me délivrer de ma peine. À tel point que le reflet dans la glace m'est devenu presque étranger.

J'ai grandi de dix bons centimètres. Mes cheveux, qui se rapprochent de plus en plus de la couleur orangée de ma mère, ont été raccourcis au point de me faire ressembler à un soldat. Mes jambes se sont allongées, musclées et allégées de quelques kilos de graisse, et mon tour de taille est passé d'un 90 cm à un 65 cm. Mes seins ont fait leur apparition et se terrent dans un tout nouveau 90 B, mon visage s'est aminci, et mon regard s'est vidé. Si ce n'est ce teint blafard, j'ai presque l'air jolie.

Je glisse la main dans ma chevelure pour la désordonner un peu, je prends mon sac et m'arrête devant le nouveau cadre accroché au-dessus de mon lit. Mon père, sur la photographie, me sourit comme s'il allait ressusciter à tout instant. Juste que c'est impossible. Il nous a quittées depuis près de trois ans maintenant. Et je n'ai pu le voir ni avant sa mort ni même après. Disons que son enterrement fut compliqué.

Après un long débat entre ma mère, qui voulait respecter le vœu de mon père d'être incinéré, et ma tante, qui souhaitait l'enterrer comme tout bon chrétien, une guerre froide s'était déclenchée. Après authentification du testament, l'avocat avait donné raison à la première. Annah avait failli piquer une crise d'hystérie. Je me souviens m'être dit qu'elle ressemblait de nouveau à une droguée, au point de m'être *réellement* demandé s'il y avait quelque chose d'autre dans les antidouleurs qu'elle prenait pour ses migraines chroniques. Après tout, ma grand-mère paternelle avait bien été diagnostiquée schizophrène avant la quarantaine. Qui savait quel gène de cinglé circulait dans la famille ?

Quoi qu'il en soit, ma tante ne s'était pas avouée vaincue et avait obtenu le soutien de mon grand-père et de mon oncle paternel, qui étaient venus à Montréal dès qu'ils avaient appris la nouvelle. Eux aussi étaient contre l'incinération. D'autant plus qu'ils étaient en colère de ne pas avoir été prévenus dès le déclenchement de la maladie. Le débat se réorienta vite vers cette « cachotterie », à tel point qu'Annah s'y retrouva également perdante. Finalement, mon père fut incinéré et personne ne s'en soucia plus que ça. Tous parlaient plutôt de la trahison de ma mère et de ma tante. Cela dura près de trois semaines, durant lesquelles les réunions familiales étaient régulières et ressemblaient à la représentation que je me fais d'un trou noir : les bons sentiments, les souvenirs heureux, l'amour, tout s'y engouffrait sans pitié. Il ne restait ensuite que silence et envie de suicide.

Lorsque ma famille américaine s'en alla enfin, après m'avoir couverte de cadeaux très peu mérités vu que j'avais royalement ignoré leurs tentatives de consolation, je demandai à ma mère de réaliser ce cadre. Si je ne pouvais pas avoir de tombe pour lui rendre visite, il me fallait au moins une photo de lui à laquelle me raccrocher. Depuis, la regarder et lui parler est devenu un rituel journalier. Même si je sais qu'il n'est plus là, j'ai toujours l'impression qu'il est le seul à me comprendre.

Après un énième soupir, je dis au revoir à mon fantôme préféré et quitte ma chambre.

Ma mère est au rez-de-chaussée en train de préparer mon goûter. Elle le fait tous les matins depuis le départ de mon père, comme si m'empiffrer de gaufres allait le ramener à la vie. Depuis qu'elle m'a annoncé sa mort, nos rapports se résument à des échanges courtois, avec exceptionnellement le visionnage commun de séries télévisées les vendredis. Le reste de mon temps, je le passe à courir, à me dépenser à la salle de gym ou à mes cours de boxe. Quand je pense à ce que j'étais trois ans auparavant, j'ai un sourire. Avant, je tapais dans le Nutella et maintenant, dans un punching-ball. Et très fort !

— Ton goûter, ma chérie, me dit ma mère.

— Merci, maman.

Je saisis le *Tupperware* et le range dans mon sac. Je prends du jus d'orange pasteurisé au réfrigérateur — le pressé est mort avec mon père —, je le vide d'un trait, et j'annonce à ma mère que je pars en cours. Je sens qu'elle veut demander si je ne mange rien, mais comme elle connaît déjà ma réponse, elle se retient et acquiesce. La minute d'après, je suis en route pour le collège.

J'y arrive le pas cadencé, habituée à cette routine implacable qui n'avait pas changé en trois ans. Je croise La Gloutonne dans un couloir et, après un bonjour répété et limite robotique, je lui remets mes gaufres fraîchement cuites avant de continuer vers la bibliothèque. J'aurais pu arrêter ce rituel ridicule, après tout je suis capable de me défendre à présent, mais je n'avais aucune envie de perturber mes habitudes scolaires. D'autant plus que j'aimais l'idée que chaque kilo que je perdais finissait dans les hanches de La Gloutonne. À défaut de lui foutre mon poing dans la gueule, c'était un compromis plutôt satisfaisant.

Je récupère un livre de physique et me rends en classe. M. Têtard — oui, on commence à en avoir beaucoup dans le même genre — nous fait réviser le cours de la semaine précédente et termine avec une interrogation surprise. Les questions défilent sous mes yeux, nombreuses mais accessibles. Je fais de mon mieux et en ressors plutôt satisfaite. Une autre chose qui a changé depuis le départ de mon père : j'étudie tous les soirs. En un peu plus d'un an, je suis devenue l'indétrônable première de la classe, ce qui m'a valu l'amitié et l'admiration de certains camarades, mais aussi le rejet d'autres — ce qui ne changeait pas d'avant. Je ne sais pas lesquels sont hypocrites ou pas, mais je m'en fiche de toute façon. Je ne traîne avec personne en dehors de ces murs.

Je m'installe sur un banc pour profiter des rayons du soleil entre deux cours. La récréation dure une vingtaine de minutes, et chacune d'entre elles est précieuse. Je dégaine un manga de mon cartable et me plonge dans une énième relecture d'Albator. Je suis sur un passage crucial quand je sens une main sur mon épaule. Je sursaute.

— Eh ! Je t'ai fait peur ?

Je me retourne et découvre Clément, le fils de la Principale, mon seul ami. Il a presque deux ans de plus que moi, va dans un autre collège, mais rend visite à sa mère de temps en temps, souvent avant ses entraînements de hockey. Il est apprécié et sifflé de toutes mes camarades de classe, sans doute parce qu'il est le seul garçon des environs et qu'il est mignon à croquer. Il a une fossette sur la joue gauche qui le rend irrésistible quand il sourit, un visage bienveillant, des cheveux blonds coupés très courts et des yeux bleus perçants. Il a la carrure parfaite du sportif qu'il est, et surtout... il mesure un mètre quatre-vingts ! Que demande une adolescente en pleine puberté ? Rien d'autre. Je n'échappe pas à la règle, je l'aime bien et j'ai un avantage sur les autres. Il m'a approchée un jour parce que je lisais un manga dont il était fan. Depuis, on discute à chacune de ses visites. Longtemps.

—Ah ! C'est toi ? Assieds-toi.

Il obéit et regarde le volume que j'ai en mains.

—Encore celui-là ? Tu t'encrasses, Dana ! Il est temps que tu essaies d'autres mangas, j'en ai d'ailleurs découvert un qui te plaira ! Ça s'appelle *One piece*, il y a encore peu de volumes, mais tu verras, tu vas adorer !

—C'est noté, je réponds en refermant mon manga. Comment s'est passée ta semaine ?

Il me la raconte alors dans le détail : comment il a eu un C en classe et que sa mère l'a encore puni, comment son équipe de hockey a gagné le championnat inter collège et des tas d'autres choses que je ne retiens pas vraiment. Même si Clément n'est qu'un ami, je ne peux m'empêcher parfois de fixer sa bouche avec appétit. Combien de fois j'ai rêvé de poser les miennes dessus... comme je vois faire mes personnages de mangas. Quel goût cela aurait-il ? Sucré ? Salé ? Les deux ?

—En gros, voilà... conclut-il. Et toi ?

Je réponds du tac au tac.

—Rien d'inhabituel. Le sport, les mangas, rien d'autre.

—Ce n'est pas très drôle, tu ne parles jamais de toi. Enfin, jamais rien de plus que « le sport, les mangas, rien d'autre », ajoute-t-il pour se moquer.

Il a raison. Je ne divulgue jamais rien sur moi, jamais vraiment. Je n'aborde jamais le sujet du vide que je ressens depuis que mon père s'en est allé, de la distance qui s'est créée entre ma mère et moi depuis — sans doute par ma faute, d'ailleurs. Tous ces sentiments m'étouffent, mais en même temps je ne trouve aucun moyen de les évacuer. J'ai peur d'imploser si je le fais. J'adresse alors un sourire à Clément, que j'espère convaincant.

— C'est parce qu'il n'y a rien à dire.

— Mouais, lâche-t-il, peu convaincu. En tout cas, si tu veux en discuter, n'hésite pas. Je sais que quelque chose te ronge. Y a un truc qui va pas. Je peux peut-être aider, non ?

J'aimerais lui répondre que oui, mais je n'y crois pas une seconde. Il ne peut pas m'aider. S'épancher ne résoudra rien. Pire, j'aurai l'air d'une chieuse. Je n'ai pas envie de ça.

— Eh, p'tit singe ! Qu'est-ce que t'as encore à embêter Clément ?

Je lève les yeux et découvre Ophélie.

Voilà autre chose qui n'a pas changé...

— Elle ne m'embête pas, répond aussitôt Clément. À quoi tu joues, Ophélie ?

Ophélie et Clément sont voisins, leurs parents se connaissent très bien. Du coup, cette connasse s'est mise en tête que je n'étais pas assez bien pour lui.

— Elle salit ton nom ! réagit Ophélie. J'arrive pas à croire que tu traites ta famille de la sorte !

C'est au tour de Clément de s'emporter. Il se lève :

— Je suis ami avec qui je veux, tu n'es pas ma mère !

Sa réaction a réussi à interrompre la circulation des élèves autour de nous. Elles se sont presque toutes arrêtées et nous regardent avec des yeux curieux. Ophélie paraît mal à l'aise d'avoir autant attiré l'attention. Mon silence — ou plutôt mon indifférence — l'énerve tellement qu'elle finit par oublier qu'on devient des bêtes de foire.

— Eh, le singe ! Tu n'as rien à dire, hein ? Laisse-le tranquille !

Cette fois, même Clément en a marre. Il secoue la tête et me propose de nous en aller sans attendre. Je le suis. Au moment de tourner les talons, j'entends la voix colérique et frustrée d'Ophélie derrière moi :

—Espèce de saleté ! Tu portes la peste ! Pas étonnant que ton père soit mort !

Je m'arrête. Des milliers de pensées traversent mon esprit, la plupart impliquant un punching-ball avec la forme de la tête d'Ophélie, de La Gloutonne et de ma mère combinées. De quel droit se permet-elle de parler de mon père ? Qui est-elle ? Une gosse de riches, c'est ça ? Je sais qu'elle n'en vaut pas la peine, mais je n'arrive pas à ignorer ces propos. Mes poings se serrent malgré moi, mon cœur bat la chamade dans ma poitrine, j'ai chaud.

—Eh ! T'es sourde ou quoi, le babouin ? insiste-t-elle. Clément, tu savais que son père était un nègre ? Je parie qu'elle n'a pas osé te le dire ! Elle te plaît moins maintenant que tu sais qu'elle descend d'un singe, hein ?

Je fais brusquement volte-face, et le coup part si vite que je ne me rends compte de ce que j'ai fait que lorsqu'Ophélie tombe à terre, le nez en sang. Ensuite, j'ai atrocement mal aux doigts. Rien à voir avec la boxe. Là-bas, au moins, on porte des gants... et les punching-balls sont moins durs que ce mélange d'os et de cartilage !

Alors que je me tortille de douleur, Clément, qui est resté bouche bée pendant mon attaque, se rue sur Ophélie pour vérifier qu'elle va bien. Il finit par me regarder d'un air horrifié et hurler :

—Appelez l'ambulance ! Elle est tombée dans les pommes !

Je réalise alors que toutes mes chances d'obtenir un jour un baiser de Clément viennent de se volatiliser.

C'est con, j'étais vraiment à deux doigts...

∼Porte 2

Les complications

Je suis convoquée dans le bureau de la Principale avec Clément en tant que témoin, ma mère qui ne sait pas où se mettre, et celle d'Ophélie qui est dans une rage folle. Elle explique depuis près d'une demi-heure le traumatisme qu'a vécu sa fille, qui est toujours à l'hôpital. Le médecin aurait eu peur d'une commotion cérébrale à cause de sa chute, et il est certain que son visage aura besoin de quelques semaines pour s'en remettre. En attendant, elle est défigurée.

J'avoue que cette image me fait sourire intérieurement. Bien sûr, je m'en veux de l'avoir frappée, je n'aurais pas dû, mais Ophélie avec le nez cassé est le genre de spectacle qu'on ne voit pas souvent. Clément n'a pas l'air de penser la même chose, vu qu'il rumine au fond de la salle et passe son temps à fuir mon regard. Comme si j'étais un monstre. J'ai abandonné l'idée d'une relation avec lui, mais j'espérais au moins qu'on pourrait rester amis.

Je n'ai fait que me défendre, non ?

J'essaie de m'en convaincre. Une voix n'arrête pas de me souffler que ça aurait pu être grave, tandis que l'autre me susurre qu'Ophélie l'a bien cherché. Après tout, personne ne m'a protégée toutes ces années où elle m'a traitée avec mépris. La Gloutonne m'a d'ailleurs frappée également. Que s'est-il passé ? Rien du tout ! Pourquoi est-ce que moi, la victime, je devrais m'en vouloir ?

—Je suis réellement confuse, commence ma mère. Ma fille s'excusera autant que nécessaire, nous sommes vraiment, vraiment désolées.

Peu importe ce que j'en pense, je ne dis rien. C'est un problème d'adultes.

—Vous croyez que ça suffit ? hurle la mère d'Ophélie. Je veux une suspension ! Et je vais porter plainte !

Ma mère panique aussitôt et lui démontre par a plus b que ce n'est pas nécessaire, mais la dame persiste. Elle caresse nerveusement son chihuahua et débite une histoire à dormir debout que même moi, avec toute mon imagination, je n'aurais jamais pu inventer. Elle raconte que l'œil au beurre noir de sa fille il y a deux ans s'explique enfin, que je la martyrise depuis des années.

Moi ? Non, mais c'est le monde à l'envers !

Je n'y tiens plus et je réagis :

—C'est faux ! C'est votre fille qui me traite comme un animal ! Elle m'a provoquée, elle me provoque tous les jours ! Elle l'a bien cherché, elle n'a eu que ce qu'elle mérite !

Au silence qui suit, je devine que je viens de creuser ma propre tombe.

Zut ! Je comprends mieux le dicton « tourner sept fois sa langue dans sa bouche avant de parler » !

La mère d'Ophélie sort la première de son mutisme :

—Je veux qu'elle soit expulsée définitivement ! Mon Dieu, quelle enfant impolie ! Elle devrait adresser des excuses publiques et, au lieu de ça, elle ose accuser ma fille !

À côté, le visage de la mienne est déformé par la colère. Si le regard pouvait tuer, je serais déjà morte.

—Dana ! Excuse-toi tout de suite !

Elle est hors d'elle. Je n'ai plus le choix, il faut que j'obéisse. Je tente de m'exprimer, mais rien ne sort de ma bouche. Je n'arrive pas à flancher, à concéder que je suis coupable, à accepter qu'Ophélie ait le droit de salir la mémoire de mon père. Je ne peux pas. Je ne veux pas. Je ne dois pas. Jamais.

—Non.

—Quoi ?

Cette fois, c'est le père d'Ophélie qui intervient. Derrière nous, Clément n'a toujours pas bronché. Madame Wood, elle, semble peinée, choquée, déçue. J'ai l'impression de lire dans son regard le regret de m'avoir proposé ce stage d'écriture trois années plus tôt. Pire, la certitude de s'être trompée sur mon compte. Cela ne dure qu'un instant. Son masque de dirigeante et sa voix autoritaire reprennent très vite le dessus :

—Dana, tu ne te rends pas compte de ce que tu dis. Excuse-toi auprès des parents d'Ophélie, immédiatement. Tu devras aussi présenter des excuses à Ophélie quand elle sortira. Obéis. Tout de suite.

Sa dernière phrase ne laisse pas de place au libre arbitre. Il faut que j'obtempère, il le faut !

—Je...

La suite reste coincée dans ma gorge. Je ne suis pas coupable. Je ne suis pas un singe. Mon père ne l'est pas davantage. Je ne l'ai pas rendu malade. Je ne l'ai pas tué. Ophélie est une garce. Ophélie est fautive. Je ne le suis pas.

Mes lèvres tremblent. Mes yeux sont mouillés. Je sais que j'ai tort, que je devrais céder, mais ces trois mots qu'ils exigent de moi semblent aussi tranchants que des lames de rasoir. J'ai l'impression qu'on me lacère la gorge, qu'elle est en feu. J'essaie tout de même. De toutes mes forces. Mais le seul son qui réussit à sortir de ma bouche est :

— Non.

La Principale soupire de déception et note quelque chose dans son registre pendant que ma mère se prend la tête dans ses mains. La suite ne va pas être drôle, je le sens.

— Comme tu le voudras, conclut Madame Wood. Tu l'auras cherché.

≈

Je suis expulsée. Prévisible. Pour trois semaines. Ça, ça l'était moins. Ma mère n'est pas ravie, c'est le moins qu'on puisse dire. Elle me traîne à la maison en grognant et en jurant par tous les noms qu'elle connaît — les Saints, les crapules, tous y passent. Le pire est que je reste impassible et que ça l'énerve davantage. Elle crie, mais j'ai l'impression que ses hurlements me traversent. Je me sens imperméable à tout. Ailleurs. Certes, je regrette d'avoir frappé Ophélie, la violence n'a jamais rien résolu. Mais une partie de moi pense qu'elle l'a tout de même bien mérité. Il n'y a aucune raison pour que je me fasse attaquer sans jamais répondre. Ou qu'on décide de tout à ma place. Si je dois voir mon père malade, par exemple...

Je chasse ce souvenir douloureux en regardant ma mère vociférer après moi. Lorsqu'elle a fini, elle me prive de télé et m'ordonne de m'enfermer dans ma chambre jusqu'à nouvel ordre. J'obéis. J'y reste deux bonnes heures, durant lesquelles je crois entendre ma tante crier au rez-de-chaussée, avant que ma mère ne me somme de descendre la rejoindre. Elle a les yeux rougis par les larmes et le visage noir de colère. Je me demande ce qui s'est encore passé. Elle ne tarde pas à m'expliquer :

—Tu nous as mises dans une situation compliquée, Dana. Ta tante a appris la nouvelle, et elle est venue me voir. Elle pense que je m'occupe mal de toi, que je suis une mauvaise mère. Tu le crois, ça ?

Je la fixe sans broncher. Ce n'est pas vraiment à moi d'en juger.

—Tu ne dis rien, évidemment, reprend-elle. Tu économises tes mots depuis que ton père est parti. Comme si tu étais la seule à en souffrir...

Je reste muette. Qu'elle vide son sac et me laisse retourner dans ma solitude. Je n'ai aucune, mais alors aucune envie de discuter de mon père. Ou du fait qu'elle est sans doute responsable de sa mort. Ou encore du fait qu'elle m'a empêchée de le voir avant qu'il ne disparaisse, sans réelles explications. Si je lui parle, je dirai des choses que je ne devrais pas. De son vivant, papa m'aurait punie pour le moindre soupçon d'écart de langage. Je ne vais pas commencer à lui désobéir aujourd'hui.

—Quoi qu'il en soit, continue-t-elle en voyant que je reste stoïque, peut-être que ça, ça te fera ressentir quelque chose... L'école a appelé. Les parents de ta copine ont porté plainte. Ils m'ont conseillé de prendre un avocat.

Cette fois, je peine à ne pas réagir. J'écarquille les yeux sans m'en rendre compte, et je dois ressembler à une momie tellement je suis livide. Ils ont porté plainte ? Pour un coup de poing de rien du tout ? Ce n'est pas comme si je lui avais cassé quelque chose ! *Enfin si*, je me corrige, *son petit nez est tout brisé...*

Ma mère voit mon désarroi et soupire. Elle paraît rassurée que je sois capable d'exprimer des émotions.

—Au moins, tu as l'air choquée, c'est déjà ça. Voilà ce qui va se passer. Je n'ai pas de quoi payer un avocat. La mort de ton père a coûté très cher sur le budget familial et les aides n'arrivent pas à compenser son salaire.

Elle parle sans arrêt d'argent. Elle n'a que ça à la bouche depuis la disparition de papa. Je suis bien consciente que c'est difficile de m'élever toute seule. Je sais qu'elle n'est pas riche. Je devrais compatir. Pourtant, je n'arrête pas de penser, comme pour Ophélie, qu'elle aussi l'a bien cherché.

Lorsque je me reconcentre sur son discours, je saisis un truc du genre :

—Je vais essayer de rencontrer les parents de ta camarade pour arranger les choses une dernière fois. Tu ne viendras pas. S'ils refusent qu'on trouve un terrain d'entente, je demanderais conseil auprès de mes connaissances. Quelqu'un connaît peut-être un avocat bon marché. Mais, dans tous les cas, il va au moins falloir que tu présentes de vraies excuses. Tu es mineure, ça ne devrait pas être plus grave que ça. Ça va juste nous coûter beaucoup, beaucoup d'argent. Tu m'as comprise ?

Elle me regarde dans les yeux, cette fois. J'acquiesce. Elle me congédie dans ma chambre. Pas la peine d'être médium pour savoir que je vais très mal dormir cette nuit.

⟡Porte 2

La décision

La semaine suivante, ma mère revient hystérique de chez les parents d'Ophélie. Le rendez-vous ne s'est pas du tout passé comme elle l'espérait. Ils n'ont apparemment rien voulu entendre. Ils disent que leur fille va mieux, mais qu'elle va garder des séquelles pendant au moins trois mois, qu'elle a été défigurée par ma faute et que je dois payer pour ça. Ils ont ajouté qu'ils avaient toujours su que j'étais de la mauvaise graine. À mon grand étonnement, ma mère a réagi ! Elle leur a dit qu'ils se verraient au tribunal. Je suis ravie qu'elle m'ait défendue, fière d'elle, gonflée d'orgueil même, mais la contrepartie est que nous risquons désormais de nous ruiner en frais d'avocat.

Ma mère est la première à en souffrir. Elle a sans cesse l'air soucieuse, ne finit plus ses assiettes, soupire en permanence. Je décide alors de lui faire plaisir, de lui apporter un peu de chaleur. Je suis peut-être en colère pour mon père, mais son dernier geste m'a mis du baume au cœur, m'a réconfortée dans mon malheur. Je me sens portée par un nuage depuis que je sais qu'elle a intercédé en ma faveur. Je ne change pas d'attitude pour autant, je veux que ce soit une surprise. J'attends qu'elle sorte et travaille en secret sur sa recette de bœuf bourguignon et de gaufres, son plat et dessert favori. Vu que je suis toujours exclue du collège, j'ai tout mon temps. Au bout de plusieurs essais, j'arrive à un résultat très satisfaisant.

Je suis particulièrement satisfaite de ce que j'ai réussi à accomplir. Je tiens à lui offrir le soir même, car je reprends les cours le lendemain. J'ai envie de fêter ça. J'espère qu'elle en sera contente.

Je chantonne donc en regardant la télé, jusqu'à ce que j'entende des bruits de pas familiers. Je range ma petite préparation et j'éteins tout. J'ai même pensé à acheter des roses rouges et blanches que j'ai mises dans un vase. Mes pauvres économies y sont passées. Le fleuriste du quartier n'est pas vraiment bon marché, et je tenais à en avoir pour ce soir. Ma mère adore ces fleurs.

Elle rentre quelques secondes plus tard, pose son sac, retire ses chaussures avec lassitude et pénètre dans le salon. Elle me découvre alors au milieu de la pièce, les bras tendus vers un magnifique bouquet. Je n'ai pas encore dressé la table pour le repas. J'ai envie qu'elle vive chaque étape, un peu comme au restaurant. En me basant sur les rares sorties qu'on a faites avec mon père — qui était plutôt casanier —, je sais qu'elle adore ça.

Elle s'approche, les yeux écarquillés. Je ne bouge pas. J'attends qu'elle soit suffisamment près pour lui dire :

— J'espère que...

Je n'aurais jamais pu anticiper sa réaction. La surprise que j'avais décelée dans son regard se transforme brusquement en colère. Elle hurle comme une possédée :

— Des fleurs ? Des fleurs ? Tu es sérieuse ? Tu sais combien ça coûte, ces conneries ?

Mon cœur se serre. Non, il saigne. Il n'y a vraiment que l'argent qui l'intéresse ?

— Je voulais...

— Comment peux-tu gaspiller des sous ainsi alors que j'ai déjà tellement de dettes, hein ? Sans parler de l'avocat à qui je paie une fortune pour s'occuper de ton cas !

Mes yeux s'embuent de larmes, mais je me promets de ne pas craquer. Je ne lui donnerai pas satisfaction. Dès qu'elle aura fini, je me barricaderai dans ma chambre en espérant qu'elle m'y oublie. Que tout le monde m'y oublie.

En plein dans sa crise d'hystérie, ma mère s'empare du bouquet et du vase le contenant et les jette à la poubelle. Dix roses rouges et blanches, achetées avec toutes mes pauvres économies, détruites sous mes yeux. Je ne réagis pas. Je serre les poings de frustration. Je ne dois pas pleurer, je ne le ferai pas.

Lorsqu'elle termine sa sale besogne, je l'entends conclure :

— L'avocat veut te voir demain. Il propose une conciliation pour ne pas que ça aille plus loin. Prépare-toi à t'excuser en bonne et due forme. Ce n'est pas parce que ton père n'est plus là que tu dois faire des bêtises ou gaspiller nos maigres économies !

Je ne l'écoute plus. Je ne sais pas comment, mais mes pieds avancent tout seuls, la contournent, la dépassent, grimpent les escaliers. Les cris de ma mère ne les interrompent pas. Ils sont mus par leur propre volonté. Celle d'échapper à cet enfer, s'enfermer dans un environnement moins hostile, moins injuste. Je ne m'arrête qu'une fois la porte de ma chambre verrouillée derrière moi. Et là, j'éclate en sanglots.

À mesure que mes yeux se brouillent, je me rends compte qu'elle n'a même pas remarqué que j'ai cuisiné. Le bourguignon est toujours dans sa casserole à attendre preneur. Elle m'a condamnée sans prendre la peine de m'écouter. Parce que je lui ai acheté des fleurs ! Oui, elle a des problèmes d'argent ; d'accord, je n'arrange pas la situation avec la plainte des parents d'Ophélie — et j'en suis profondément désolée — ; OK, je suis un peu distante avec elle ; mais pourquoi détruit-elle le moindre effort que je fais ? Quand est-ce qu'elle a décidé que j'étais une cause perdue ?

Je suis toujours dans un état déplorable lorsque j'entends un coup à la porte. Ma mère. J'avale mes larmes. Elle murmure mon nom, comme si elle voulait dire quelque chose. Essaie-t-elle de s'excuser ? Peut-être a-t-elle découvert ma pauvre marmite et qu'elle a des remords ? Je ne sais pas. Finalement, elle lâche :

—Tu... tu viens manger ?

Silence pesant.

—Ça va refroidir.

OK, pas d'excuses. Elle s'en fiche. Je ne réponds pas. J'attends que ses pas s'éloignent enfin. Et je craque de nouveau. Je pleure jusqu'à ce que mes yeux soient douloureusement secs.

Le lendemain, lorsqu'elle vient me chercher pour mon rendez-vous chez l'avocat, mon visage en exprime encore moins que d'ordinaire. Elle ne parle pas, essaie d'accrocher mon regard. Je ne laisse aucune brèche derrière mon masque d'indifférence. Je lui réponds uniquement par des hochements de tête ou des mots simples comme « oui », « j'ai compris », « merci », « non », le tout d'une voix monocorde.

Le rendez-vous se passe bien. Trop bien. Lorsque l'avocat aux allures de président m'explique quoi faire et quoi dire, je répète tel un robot, j'apprends les mots comme pour une pièce de théâtre. De toute façon, je n'ai pas le choix. Il est dans l'intérêt de tous que cette histoire soit réglée rapidement. Alors, quand il m'annonce que la rencontre de médiation aura lieu le surlendemain, je ne cille pas. Tant que je me force à ne rien ressentir, tout devient facile. Même dire qu'Ophélie est la meilleure des garces. Pardon, personnes.

C'est sur cette excellente résolution que nous nous préparons pour le rendez-vous avec les parents d'Ophélie. Lorsqu'on arrive dans la salle de réunion du cabinet, ils sont déjà là. Notre avocat — qui s'appelle soit dit en passant M. Trésor — me confie à la secrétaire, pendant que les adultes discutent des conditions d'un éventuel accord. Nous nous installons dans une pièce sans vie. Il n'y a rien sur les murs, aucun meuble de décoration, aucun coloris. Juste du blanc : la couleur du sol, du plafond, des sièges, de la table. L'endroit me rappelle la chambre aseptisée dans laquelle j'ai vu mon père pour la dernière fois. Elle ne m'inspire que la mort. Je n'ai aucune envie d'y être.

Heureusement, l'entrevue dure moins d'une heure. La mère d'Ophélie ressort de la pièce avec un sourire narquois sur les lèvres, tandis que la mienne présente une mine un peu moins déprimée — mais pas ravie pour autant. Lorsqu'elle me rejoint, la secrétaire nous laisse. Elle reste silencieuse une minute, puis la sentence tombe :

— On a obtenu un accord. Au moins, ils vont retirer leur plainte.

Ma mère avale sa salive, trop lentement à mon goût. On dirait qu'elle essaie d'ingérer du plomb.

— On va devoir prendre en charge ses frais médicaux. OK, elle n'a rien de grave, mais c'est quand même beaucoup d'argent. Et à ton école, il faudra évidemment que tu présentes des excuses publiques à Ophélie.

J'acquiesce. Pas d'autre choix possible. Je sais que c'est ma faute. J'aimerais aider pour l'argent, mais je ne peux pas, pas encore. Je n'ai que quatorze ans.

— Écoute, Dana, continue-t-elle. Je suis fatiguée de tout ça. OK, tu souffres, mais moi aussi. Je n'ai qu'un moyen de payer la somme demandée. Je vais vendre la maison.

Là, j'ai du mal à ne pas réagir :

— Quoi ?

Elle me regarde, ébahie.

— Parce que tu sais parler ?

Je ne relève pas sa tentative de moquerie.

— Où est-ce qu'on ira ?

— Chez ma sœur.

Je retiens un cri. Ma tante habite en France, le pays d'origine de ma famille maternelle. La dernière fois que je l'ai vue, j'avais sept ans, et elle ne m'a pas du tout fait bonne impression. Et puis, surtout... elle réside en France !

— Mais elle vit en France !

Ma mère fronce les sourcils.

— Et alors ? Arrête de faire l'enfant gâtée. C'est un pays comme un autre. C'est le mien, d'ailleurs. On est venus vivre ici uniquement parce que ton père en rêvait, et qu'ainsi on était entre son pays natal et le mien. Une zone neutre, en quelque sorte.

— Mais papa, il...

Je me mords la lèvre. C'est la maison de mon père, la nôtre, le cocon de mon enfance. Je ne veux pas le perdre.

Ma mère lève les yeux au ciel :

— Je vois, on y vient. Toujours ton père, hein ? Tu crois que je ne souffre pas, peut-être ? Tu crois que je me fiche qu'il soit parti ? Qu'il ne me manque pas ?

Malgré tous mes efforts, je ne parviens pas à garder mon masque d'indifférence. J'ai très peur.

—Je... je veux rester.

C'est tout ce que j'arrive à dire. Ça ne plaît pas à ma mère. Vraiment pas. Elle se lève. Fait les cent pas. Tremble. J'ai l'impression qu'elle devient folle. Une idée s'immisce alors dans mon esprit. Se pourrait-elle qu'elle ait envie de fumer ?

Lorsqu'elle se met à mordiller nerveusement son pouce, je ne résiste plus et demande :

—Tu es en manque ?

Elle s'arrête, ouvre la bouche, me regarde avec de grands yeux horrifiés — et humides. On dirait que je viens de la poignarder en pleine poitrine. Ça ne dure qu'un instant. La seconde d'après, une gifle retentit sur ma joue. Le coup est parti si vite que je n'en prends conscience qu'au bout d'un long moment.

Je la regarde alors, terrifiée, choquée, surprise. Il s'agit de ma première claque. Pourquoi maintenant ? Qu'ai-je dit de si grave ? C'est moi qui devrais être en colère ! Elle a rendu mon père malade, elle l'a tué, elle m'a empêchée de le voir !

—Excuse-toi, tout de suite ! exige-t-elle. On ne parle pas comme ça à sa mère !

M'excuser ? Pourquoi ? Je suis la victime ! Comme avec Ophélie. Pourquoi suis-je toujours celle qui doit demander pardon ? Elle a rejeté ma tentative de réconciliation, me frappe sans raison, et maintenant je suis celle qui a tort ? J'ai brusquement envie de taper dans mon punching-ball imaginaire, celui avec les visages d'Ophélie, de La Gloutonne et de ma mère combinés. J'ai besoin d'air.

Comme un automate, je me lève pour m'en aller. Celle qui m'a, un jour, donné naissance m'observe, abasourdie, avant de m'arrêter lorsque je m'apprête à franchir le seuil de la porte :

— J'attends tes excuses !

Je me retourne, la regarde, ai envie de lui hurler :

C'est toi qui devrais t'excuser ! Tu m'as empêchée de le voir ! Tu l'as tué ! C'est ta faute, à toi et à toi seule !

Au lieu de ça, je prononce un mot dans lequel je commence à trouver du réconfort :

— Non.

Mon ton est calme, posé. Je suis heureuse de ne pas avoir haussé la voix. Ç'aurait été un manque de respect, de l'impolitesse : mon père n'aurait pas aimé. Je sors de la pièce. Dehors, l'air me paraît plus léger, plus doux, plus agréable. Je respire enfin. J'ai le contrôle, je suis libre. Je prends deux énormes bouffées et m'adosse contre le mur. Un rire nerveux naît alors dans ma gorge. Vu ma difficulté à prononcer trois mots d'excuse, je suppose qu'il va falloir que je m'entraîne pour Ophélie. Et que je me prépare pour le grand départ. Ma vie ici est finie. Bien finie.

✦ L'antichambre

—Alors ?

Glimel me fait face. Je suis de nouveau adulte, même si une tonne d'émotions contradictoires m'animent.

—Alors, quoi ?

—Ça vous a appris quelque chose ? Il avait quoi de spécial, ce moment ?

—Je pensais que c'était à vous de jouer les psychologues, non ?

Il éclate de rire.

—Pas du tout. C'est votre vie, pas la mienne.

Je me force à prendre une grande inspiration :

—Eh bien, à partir de là, tout a changé, aussi bien en moi qu'avec ma mère. Je n'ai plus tenté de me rapprocher d'elle. Je m'étais affranchie d'elle, d'une façon ou d'une autre. À tort ou à raison, nous sommes devenues des étrangères l'une pour l'autre.

Glimel jette un coup d'œil à son registre, avant de dire :

—Effectivement. C'est dommage, tout de même.

Je baisse la tête et rajoute, rouge de honte :

—Je suppose que j'aurais pu être plus sympa avec ma mère. Mais je n'avais que quatorze ans, je ne pouvais pas comprendre qu'elle aussi était brisée. L'épisode des roses et de la gifle m'a beaucoup marquée. Je vois ça d'un autre œil à présent. Revivre ça aujourd'hui me fait réaliser qu'il y a toujours deux versions d'une même histoire. Elle devait avoir une pression financière que je ne pouvais même pas entrevoir. Elle n'a juste pas trouvé le courage de me le dire et, à force de frustration, elle a dérapé... sans compter que ma petite rébellion envers Ophélie n'a pas dû aider. Je n'ai pas su lire entre les lignes.

—Je vous rassure, elle n'est pas exempte de fautes, continua mon guide. Personne ne l'est. Mais c'est bien que vous vous remettiez en question. C'est même parfait.

Je le défie du regard. J'ai la gorge nouée. Revivre mon passé n'est pas si aisé que ça, finalement. Savoir que je ne peux rien y changer est encore pire.

—Et maintenant quoi ?

—Maintenant, je vous demande ce qui est arrivé à ce stage d'écriture.

La question me surprend. J'avais presque oublié ce détail.

—Je... je n'y suis jamais allé. La principale m'a relancée une fois, mais j'avais appris que mon père était mort la veille, alors je lui ai dit que je ne pouvais pas y aller pour des raisons familiales. Elle n'a pas relancé le sujet, même lorsqu'elle a appris la nouvelle quelques jours plus tard. Je suppose qu'elle a fait le lien.

Glimel ne semble pas entièrement satisfait de ma réponse.

—Hum... OK.

—Quoi ?

—Eh bien, le monde n'a pas arrêté de tourner à la mort de votre père, alors rien ne vous empêchait d'y aller en réalité. A priori, vous en aviez très envie.

—Écoutez, je n'avais que onze ans à l'époque, j'étais anéantie, je n'avais pas la tête à...

—Ah ! Faut qu'on y aille ! On en parle plus tard, vous voulez ?

Je vois qu'effectivement la troisième porte vient de s'ouvrir. Je ravale mes sanglots et m'y avance. J'ai peur, mais mon mari et mon bébé comptent sur moi. Je n'ai pas de temps à perdre.

Attends-moi, Alex. J'arrive!

4.

« I wasted, wasted love for you
Trading out for something new
Well, it's hard to change the way you lose
If you think you've never won. . .»[4]

If I die Young — The band perry

---

[4] « J'ai gaspillé tant d'amour pour toi,
L'échangeant pour quelque chose de nouveau,
C'est difficile de changer sa façon de perdre,
Surtout si on est sûr de n'avoir encore jamais gagné... »

Porte 3

Changements

Ma mère m'a punie. Évidemment. J'ai accepté mon sort sans sourciller. J'ai fini par me dire que nous traversions un genre de conflit générationnel auquel nous ne pouvions rien. J'espère que je ne me fourvoie pas.

Le spectacle de mes excuses à Ophélie a été absolument humiliant. Tout étant de « ma faute », j'ai encaissé en silence, même lorsque Clément m'a tourné le dos après un dernier regard chargé de mépris. Je n'ai pas essayé de lui parler, je suppose que ça n'aurait rien changé. Je suis partie ce jour-là en courant, déjà parce que je voulais quitter mon collège au plus tôt, mais aussi parce que j'avais hâte de me rendre à mon dernier cours de boxe. Les vacances scolaires approchaient à grands pas, et le gymnase serait fermé tout l'été. Pour moi, sans doute à jamais. J'ai mis toute mon énergie, toute ma rage et ma frustration dans cet ultime entraînement. Une fois essoufflée et en sueur, j'ai enlacé mon punching-ball préféré et ai pleuré malgré moi. Je savais que je ne taperais plus jamais dedans. Pour moi, il ne s'agissait pas que d'un sac de sable, mais d'un défouloir nécessaire, presque d'un ami.

En quittant la salle de sports, je me suis rendue, comme une somnambule, jusqu'à la rue où habitait Clément. Je serrais mon tout premier manga d'Albator contre moi lorsque je suis arrivée devant chez lui. Nous avions déjà marché ensemble jusque-là après les cours, mais je n'y étais encore jamais entrée.

Je voulais lui offrir un souvenir de moi, cet exemplaire que je lui avais personnellement dédicacé. Je me doutais bien que je ne l'intéressais pas, mais le besoin de laisser une trace dans ce quartier que je quitterai bientôt était plus fort que moi. Clément étant mon seul ami, je ne voyais pas à qui d'autre donner cette part de moi. J'ai relu mon message une bonne dizaine de fois avant d'oser sonner à la porte. Comme personne ne venait ouvrir, j'ai hésité à revenir sur mes pas de placer l'ouvrage sous le tapis de l'entrée, où sa famille gardait le double de leurs clefs. Je suis ensuite repartie en jetant constamment des coups d'œil en arrière. Je savais que je ne le reverrais jamais. Tout était fini. Il ne me regretterait sans doute même pas.

Le retour à la maison n'a pas été plus aisé. La grande pancarte « À VENDRE » plantée dans notre petit jardin ne m'a jamais paru aussi réelle. Je suis rentrée chez moi la tête basse, juste pour découvrir ma mère et ma tante en pleine dispute. L'une reprochait mon éloignement forcé de ma famille paternelle, l'autre arguait que j'étais autant liée à la France qu'au Canada. Je n'ai pas cherché à intervenir ou même à écouter, je suis montée directement dans ma chambre finir mes cartons.

Cela m'a occupée durant trois bonnes semaines, plus parce que l'envie n'y était pas que pour des raisons logistiques. Quelques jours après, la maison était vendue. Nous avons pris l'avion dans les deux mois qui ont suivi, le temps de régler tous les détails administratifs.

Je suis donc arrivée en France à l'approche de la rentrée scolaire, le cœur serré. J'ai redécouvert Grenoble, éternel antre de ma grande tante, que je n'avais pas revue depuis mes sept ans. La ville m'a paru plus terne qu'avant. Pourtant, elle n'avait pas l'air d'avoir vraiment changé, elle semblait juste plus...

sombre, fade. Autant dire que mon état mental n'y était sans doute pas étranger. J'aurais tout donné pour m'enfuir sans jamais me retourner. Un bon mal de crâne m'a d'ailleurs bercée jusqu'à ce qu'on atteigne notre nouvelle maison.

En revoyant la sœur de ma mère, j'ai songé qu'elle était sans doute la plus belle femme de toute ma famille. Ses boucles rousses et son teint superbe vous donnaient envie de caresser son visage à longueur de journée. Lorsqu'elle m'a souhaité la bienvenue, son air angélique a disparu et je me suis souvenue pourquoi je ne l'aimais pas. Elle paraissait fausse, tout le temps. Je l'ai embrassée mécaniquement et suis montée dans la chambre que je devrais désormais partager avec ma cousine Élise. De deux ans mon aînée, et malgré sa ressemblance frappante avec sa mère, elle m'a immédiatement prise sous son aile.

Les années se sont ainsi écoulées, sans accrocs particuliers. Enfin, je ne compte pas les quelques disputes que j'entrapercevais entre les deux femmes de la maison. Je ne connaissais pas les détails, mais je me doutais qu'elles parlaient de moi. Un jour, j'ai entendu ma tante mélanger les mots « Dana » et « envahissante » dans la même phrase. J'en suis venue à me dire que je ne ferais pas long feu dans cette petite maison. À part ma cousine, personne ne me manquerait. Cette révélation était aussi vraie qu'effrayante. Je partirai, c'était décidé.

Je ne me suis inscrite à aucun club de sport, ma tante ne comprenant pas que je ne sois intéressée que par la boxe, une activité d'homme selon elle. Ma mère ne l'en a pas dissuadée, alors je n'ai pas insisté. Je me suis focalisée sur les études. Je savais que, si j'avais mon BAC, je pourrais demander une bourse et m'en aller. Changer de pays m'avait malheureusement fait perdre une année, mais je ne me décourageais pas.

De plus, j'avais une procédure de reconnaissance de nationalité française en cours, ce qui simplifierait grandement ma vie étudiante et professionnelle. N'étant pas née en France et n'y ayant jamais obtenu de document d'identité, il me fallait prouver que je n'étais pas étrangère. Le processus était a priori simple — je devais ne fournir qu'un « certificat de nationalité française » et le tour était joué —, mais le fait que nous soyons tombées sur une bonne femme aigrie à la préfecture, puis sur une super peste au tribunal n'a sûrement pas aidé. On nous a demandé tant de documents que nous en avons eu le tournis : actes de naissance et de mariage de — accrochez-vous bien ! — mes parents, grands-parents et arrière-grands-parents ! Ma mère savait qu'elle mettrait des mois, voire des années, à tout réunir — si elle y arrivait. Ajouté à cela le délai d'attente de presque deux ans pour obtenir le fameux sésame, nous étions au summum du découragement.

Heureusement, en tant que mineure étrangère — j'étais bel et bien canadienne aux yeux de l'administration —, j'avais droit à un titre de circulation, valable jusqu'à ma majorité. J'avais entendu que ça se compliquerait ensuite si je n'avais pas mes papiers français à temps. Je ne voulais pas avoir à le découvrir. J'espérais que tout serait réglé d'ici là. Ma mère était française, il n'y avait aucune raison pour que je ne le sois pas non plus.

J'ai passé tous mes examens sans la moindre faille et ai décroché mon BAC haut la main à un peu plus de dix-huit ans. J'avais postulé dans un milliard d'universités, toutes sur Paris, car on m'avait vanté la beauté de la ville. Pour moi, c'était également le moyen de m'éloigner un maximum. Trois heures de train, c'était la distance minimum à mettre entre moi et ma tante.

L'année de mon BAC a coïncidé avec ma découverte d'internet. Ma cousine avait obtenu un ordinateur pour son anniversaire et, lorsqu'elle avait eu une bonne note en mathématiques, le *wifi* avait suivi. Je n'avais eu droit à aucune attention de la sorte depuis la mort de mon père, mais je ne m'en suis pas offusquée. Au contraire. Élise et moi passions nos soirées sur les chats MSN, dont la sonnerie caractéristique nous faisait systématiquement exploser de rire. Lorsque nos mères étaient de sortie — le paternel d'Élise vivant à l'étranger —, nous nous connections sur Caramail également. Élise y avait rencontré un garçon qu'elle trouvait intéressant et lui parlait dès que l'occasion se présentait. On ne savait pas grand-chose de lui, mais tout ça nous plaisait. Le mystère, le *chat*, l'inconnu, le réseau. C'était nouveau et enivrant. Pour moi, c'était aussi un moyen d'échapper à la réalité, de me connecter et d'oublier un instant qui j'étais vraiment, où et avec qui je vivais. J'effaçais tout, je devenais quelqu'un d'autre. Je transcrivais parfois mon désarroi sur l'ordinateur de ma cousine, mais je n'enregistrais jamais rien. Si je n'avais pas été au camp d'été pour les écrivains, il y avait sûrement une raison. L'univers devait me trouver mauvaise. Aussi, dès que je finissais, j'effaçais tout. Je me sentais tout de suite mieux. La partie de moi qui doutait disparaissait, celle qui était faible également. Il ne restait que Dana la forte, Dana la boxeuse, Dana qui avait cassé le nez d'Ophélie la mégère. J'aimais bien cette Dana.

—C'est comme ça que je suis tombée sur ton profil. Tu avais écrit que tu voulais étudier le droit pour combattre l'injustice. J'ai trouvé ça beau, vrai. Ça me correspondait. J'ai cliqué et nous avons discuté. J'ai mis une année supplémentaire à quitter mon bled, car je n'ai pas obtenu d'inscription à Paris tout de suite. D'autant plus que je passais des lettres au droit. Il m'a fallu faire une année généraliste à l'université de Grenoble avant de pouvoir changer l'année d'après. Et me voilà inscrite à la fac de droit de Paris Descartes et dans cette superbe ville depuis deux mois. J'ai réussi mon pari.

Stéphane écoute la fin de mon récit en terminant sa boisson chaude. Il n'a pas dit grand-chose depuis que je suis arrivée au café où il m'a donné rendez-vous. Il est un peu différent, en vrai. Plus grand, plus mince, plus ténébreux. Ses cheveux bruns semblent tout droit sortis d'une publicité pour un super *shampooing* tant ils brillent, et ses petits yeux en amande sont plus sombres que prévu, presque hypnotisant. Les photos ne m'ont pas non plus préparée à son sourire ravageur et à ses fossettes tout à fait craquantes. Il a l'air espiègle, plus confiant aussi. Sur le *chat*, il paraissait plus... fragile. Je suppose que c'est positif, mais du coup je ne suis pas certaine d'être à ma place.

Il finit par lever le nez de sa tasse et me regarde. Il me fixe même, intensément. Je ne sais plus où me mettre. Moi, la boxeuse, celle qui a donné une leçon à Ophélie. J'ai beau avoir dix-neuf ans à présent, j'ai l'impression d'être de nouveau adolescente et d'essayer de plaire à Clément.

Reprends-toi, ma vieille ! Dis quelque chose de futé ou de sérieux ! Tu n'as pas fait tout ce chemin pour rien... si ?

— Il est bon, ton thé ? je finis par lâcher, avant de regretter aussitôt.

Tu parles d'un propos intelligent !

N'empêche, il sourit. Ce doit être la troisième phrase qu'il prononce depuis que je suis arrivée. OK, il n'était pas non plus très bavard sur MSN, mais là j'ai l'impression de converser avec une momie. S'il n'avait pas d'aussi beaux yeux, je serais peut-être déjà partie...

—Il est très bon, confirme-t-il. Alors, comme ça, on va aller à la même fac. Cool, ça.

—Oui, c'est cool... je réponds en buvant mon chocolat chaud.

Je sens alors qu'une migraine commence à pointer le bout de son nez. Elles sont de plus en plus fréquentes depuis mon arrivée en France. Heureusement, un gentil médecin m'a donné une alternative au super Paracétamol — qui ne doit plus m'aimer, car il n'agit plus du tout —, et les crises durent moins longtemps depuis. Il paraît que c'est une sorte de maladie chronique et héréditaire. J'ai tout de suite pensé aux cachets de ma tante Annah. On dirait bien que j'ai hérité quelque chose du côté paternel, finalement. J'ai toujours souffert du fait de tout tenir de ma mère. Je ne ressemble pas du tout à mon père, même pas par la couleur de peau. Je suis aussi blanche que neige et lorsque je bronze, l'effet disparaît en seulement quelques jours. Sans compter les coups de soleil à répétition. Bref. C'est ironique que tout ce que j'ai obtenu de ce côté de la famille ne soit que des migraines chroniques.

Je saisis machinalement mes comprimés de Lamaline et de Biprofenid, que j'avale d'un trait avec un verre d'eau. Stéphane me regarde faire, avant de dire :

—Mal au crâne ?

Mon mensonge est déjà tout prêt. Ce ne sont pas « seulement » des maux de tête. J'ai des vomissements, j'ai froid, le crâne qui va exploser, des difficultés à réfléchir, de la fièvre parfois... j'en passe. Mais vu le temps que je mets à l'expliquer à chaque fois, j'ai trouvé un raccourci que tout le monde a l'air d'apprécier, moi y compris. Après, je ne reçois plus aucun commentaire en général.

— Un peu, oui. Rien de grave. Un cachet et c'est réglé. Maintenant, il joue avec sa cuillère.

— Hmm, OK. Je pense que tu fais bien de devenir avocate. Vu ton passé, c'est une bonne façon de rebondir.

J'acquiesce. Il est un peu différent, mais il me comprend toujours finalement. Pas comme ma mère qui désire que je devienne professeur de sciences, comme elle. Juste que ça ne m'intéresse pas. J'ai trouvé un sens à ma vie avec le droit. Je souhaite combattre les injustices, empêcher les gens de connaître ce que je ressens depuis des années. Les défendre. Voilà ce que je veux. Stéphane aussi.

— C'est vraiment super qu'on aille à la même fac quand j'y repense, vraiment super. J'ai l'impression que c'est le destin qui nous a réunis. Tu es magnifique, beaucoup plus que sur les photos.

Il passe brusquement sa main sous la table et saisit la mienne. J'ai un mouvement de recul instinctif. Il maintient le contact, sans doute pour me rassurer. Puis il sourit et achève de me détendre. Là, j'ai l'impression de retrouver « Stef2000 », mon compagnon de *chat* virtuel qui m'a souvent tenu compagnie cette dernière année. Celui qui m'a confessé ses peurs et écouté les miennes, celui à qui je me suis confiée pour la première fois depuis… toujours. Je suis de nouveau dans ma chambre, devant mon écran d'ordinateur, en confiance. Je pourrais aller au bout du monde avec lui. C'est peut-être stupide vu que je viens tout juste de le rencontrer, mais j'adore ce mec. Merci, internet.

Je rougis en le remerciant de son compliment. Nous discutons pendant une bonne heure. De l'école, de l'avenir, mais aussi de nous. Nous avons déjà énormément échangé en ligne, nous nous connaissons parfaitement, et pourtant nous trouvons de nouveaux sujets de discussion. C'est magique. À un moment donné, je me surprends à imaginer ses lèvres sur les miennes. Le goût d'un baiser m'est toujours inconnu. J'ai passé mon lycée à rêver de partir, à travailler pour ça. Je n'ai pas regardé les garçons, je n'ai même pas lu de mangas. Cette passion est restée dans la maison de mon enfance et sans doute un peu chez Clément — qui m'aura déjà oubliée, j'en suis sûre. Ma chance a peut-être enfin tourné. Stéphane sera mon billet pour l'inconnu. J'en ai tellement rêvé durant nos échanges que je m'imagine faire le premier pas. Seulement, la crainte de l'erreur me paralyse. Tout en fixant le mouvement de ses lèvres, je décide d'attendre un meilleur moment. C'est alors qu'il pose soudainement une main sur ma joue. Une décharge électrique me parcourt tout le corps. J'ai peur. Je me lève brusquement.

—Qu'est-ce qu'il y a? me demande-t-il. Il y a trop de monde, c'est ça?

Je regarde autour de nous. J'avais oublié qu'on se trouvait sur la terrasse d'un café, à seulement quelques mètres de la place de l'Étoile. Il y en avait, du monde. Mais je me fiche d'eux tous. J'ai juste eu la trouille : de ce que j'ai ressenti, de mon inexpérience. Il fallait que je me ressaisisse ou Stéphane le verrait dans mes yeux. Je lui ai confié beaucoup de choses, mais pas ça.

—Non, pas du tout. Je... je dois aller aux... me rafraîchir, je reviens.

Je n'attends pas sa réponse et rentre dans le café. L'intérieur est plus bondé que la terrasse. Il y a des serveurs, des serveuses et des clients à tous les centimètres carrés. Je me faufile et demande à celui qui tient le bar la direction de la salle de bains. Il m'indique un escalier au-dessus duquel la mention « Toilettes » est écrite en si petit qu'il est aisé de la manquer. Je descends au sous-sol et découvre une superbe pièce à l'ambiance feutrée, désespérément vide et silencieuse. Même le bruit venant du rez-de-chaussée me paraît loin. Je savoure ce silence avant de me remettre en route.

Je finis par atteindre mon objectif, au bout d'un couloir tout aussi désert. Tout y est propre, les lampes incrustées dans le sol me donnent l'impression d'être sur le devant d'une scène. Je me plais à m'imaginer en train de me rendre à un rendez-vous important ou aux Oscars, la démarche assurée, le regard avenant. Lorsque je termine mon acte, je suis devant les toilettes pour femmes, où j'entre en rigolant. Heureusement que personne ne m'a vue !

Je m'arrête devant la glace. J'ai encore grandi depuis mes quatorze ans. Je mesure un bon mètre soixante-seize aujourd'hui. J'ai laissé pousser mes cheveux, qui m'arrivent désormais aux épaules. Du reste, j'ai pris un peu de poids, et mes muscles ont presque tous fondu. Je ne me définirai pas comme étant grosse de nouveau, mais disons que je suis bien en chair, un peu trop par endroits. Je soupire. Définitivement, la boxe me manque.

Je me lave les mains et me rince le visage. Je reste quelques secondes à fixer mon reflet, puis je décide de retourner auprès de Stéphane, avant qu'il ne s'impatiente.

Quelle n'est pas ma surprise de tomber sur lui en poussant la porte ! Ma mine déconfite doit l'amuser, car ses lèvres s'étirent aussitôt de ravissement. Il en aurait presque l'air coquin.

—C'est occupé ? demande-t-il sans se défaire de son sourire à cent francs soixante-dix.

Ou devrais-je plutôt dire à quinze euros trente-cinq, si mon taux de conversion est correct. La monnaie a changé depuis quelques mois, mais j'ai encore du mal à m'y faire. Et puis, quand on y pense, son sourire paraît plus *cheap* en euros qu'en francs. Dommage.

—Alors ? insiste-t-il en voyant que je ne réponds pas.

Les mots se forment enfin sur ma langue.

—Euh... non, il n'y a personne.

—Parfait.

Avant que je ne puisse réagir, il m'entraîne à l'intérieur. Il me plaque contre la porte et ferme derrière moi pour empêcher toute interruption. Il me fixe. Je me sens fondre, mais, dans le même temps, j'ai peur. Nous sommes seuls.

—Qu'est-ce que tu fais ? je lui demande.

—Chuuut.

Il se rapproche, me prend le visage dans ses mains. Je vois le monde dans ses yeux bleus et m'y noie. Je suis incapable de lui résister et je le sais. Je ne suis même pas sûre d'en avoir envie. Des papillons naissent dans mon estomac quand il me caresse ensuite la joue d'un doigt, j'explose lorsqu'il pose ses lèvres sur les miennes. Finalement, ce n'est ni sucré ni salé, c'est juste... doux. Il commence par de petits baisers, puis il entrouvre la bouche, et je l'imite. Il va alors chercher ma langue et là, je perds pied. Ce n'est plus seulement tendre, mais enivrant. À tel point que j'ai l'impression de me noyer dans un océan de douceur, d'être emportée par un tourbillon de plaisir. Nous nous complétons, nos bouches étaient faites pour converser, se toucher, s'emboîter. C'est parfait.

Sa main descend alors plus bas, se pose sur ma poitrine. Elle est si grande qu'elle couvre aisément mon 90 B. Je ne sais plus où me mettre. Je ne veux pas que ça s'arrête, mais je suis terrifiée à l'idée de poursuivre. Ça va trop vite. Ou pas ?

Stéphane semble avoir sa propre vision de la chose. Il descend sa seconde main et déboutonne lentement mon chemisier. Lorsque le premier bouton cède, une voix dans ma tête lui hurle de s'arrêter. Celle du monde réel ne réagit pas.

Pourquoi ? Ai-je envie qu'il continue ou est-ce que je crains simplement qu'il me rejette ensuite ? Je ne suis pas prête. Pas ici, pas comme ça.

Il défait un deuxième, puis un troisième bouton. Il entrevoit mon soutien-gorge, obtenu pour cinq malheureux euros chez TATI. Je n'avais pas exactement prévu qu'un garçon le découvre aujourd'hui, je n'y ai en fait *jamais* songé. Je suis sur un terrain glissant. Je dois l'arrêter avant qu'il ne tombe sur ma culotte achetée à moins de deux euros sur un marché de Cergy. Ça ne ferait vraiment pas bien... Si j'arrive à aligner trois mots, bien entendu.

Après un effort surhumain visant à éteindre toute l'endorphine qui se crée dans mon cerveau et qui m'empêche de réfléchir clairement, je réussis à balbutier :

— Steph, non... je...

— Si... tu te débrouilles très bien.

Je le repousse gentiment.

— Non. Je... je n'ai jamais fait ça.

Il me sourit.

— Faut un début à tout, tu sais. Tu m'aimes bien, non ?

— Euh... oui, bien sûr, mais j'avais imaginé... autre chose.

Il me caresse les lèvres d'un doigt. Il est incroyablement sensuel. J'ai envie qu'il m'embrasse encore.

— Crois-moi, tout va bien se passer.

Nouveau baiser. Je n'ai pas d'autre choix que de m'abandonner à lui. *C'est agréable au début, jusqu'à ce que sa main dégrafe mon soutien-gorge. Lorsqu'il s'empare de mon sein, mon cerveau se met en alerte rouge. Pas ici, pas comme ça, pas dans les toilettes.*

Non !

Je le repousse, plus fermement cette fois.

— Non.

Il lève les yeux au ciel.

— C'est que du sexe, tu ne vas pas en mourir. Arrête de faire ta gamine.

Ses paroles me transpercent le cœur. Je ne suis pas une enfant. Je sais ce que je veux, c'est différent.

— Non, je répète pour montrer ma détermination.

Et je reboutonne mon chemisier.

Il m'arrête d'une main. Reprend son air avenant, presque angélique.

— Eh... écoute. Ça va aller, OK ? Je vais y aller doucement.

Il me mordille l'oreille. Je ne réagis pas. Je me demande ce que je fais là. Je suis censée pouvoir lui accorder ma confiance. Est-ce moi qui suis trop arriérée ou lui qui n'est qu'un gros connard ?

— Je t'aime bien, tu m'aimes bien, reprend-il. Ça se passera bien, tu n'auras pas mal.

Ses lèvres trouvent encore une fois les miennes. Je le rejette gentiment. Il revient à la charge, insiste, glisse sa main sous mon chemisier. J'essaie de me dégager. Il me plaque contre la porte. Sa réaction me donne toute l'énergie nécessaire. Il est plus fort que moi, mais j'y mets toute ma volonté et mes années de boxe. Je n'arrive ni à m'échapper ni à atteindre son entrejambe. Sa salive m'écœure désormais. Je voudrais qu'il meure ! Me trahir de la sorte ? Je n'aurais jamais dû lui faire confiance !

— T'es qu'un gros connard ! je m'écrie.

Il s'arrête, me regarde, sourit. Il a l'air d'un prédateur, à présent. En fait, il n'y a plus de doutes. C'en est un.

— Et toi, tu es ravissante, merci du compliment.

Il vient de me donner toute la marge de manœuvre dont j'avais besoin. Je me souviens de toutes mes heures de visionnage de films d'action, et j'abats ma tête sur la sienne. La violence du coup le fait reculer en hurlant. Je subis à peu près le même sort. J'ai mal à en mourir. J'ai l'impression de m'être pris un camion. Personne ne vous prévient de ça, dans les films. Je me tiens le crâne en braillant à mon tour. J'entends alors quelqu'un à l'extérieur demander si tout va bien. J'en profite. J'essaie d'oublier la douleur et avance vers mon ancien meilleur ami/amoureux du *Net*. En me voyant, il aboie :

— Putain, mais t'es vraiment qu'une cinglée !

— Et toi, un immonde connard !

— J'ai pas de problèmes de violence, moi ! Pas étonnant que ce Canadien n'ait pas voulu de toi !

— OK, t'aurais pas dû dire ça.

J'oublie alors tous mes serments. Ne plus opter pour la violence, à part pour me défendre. Stéphane est hors d'état de nuire, je pourrais m'en aller, mais il m'a provoquée. Il m'a fait croire que tout ça n'était que de ma faute. C'est faux ! Lui aussi est injuste, il ne m'a jamais comprise. Il m'a menti. Il est comme Ophélie, un idiot décérébré qui ne mérite qu'une bonne raclée. Mon poing se forme avant que je ne le réalise. Et il s'abat sur lui dans la seconde. Stéphane encaisse mon coup en plein visage et s'affale au sol.

J'ai mal également, mais ma satisfaction est plus grande. Il l'a bien cherché. Je n'attends pas qu'il se relève et sors des toilettes en reboutonnant ma chemise avec hâte.

Le mufle ! Le mufle ! Le mufle ! J'aurais dû le frapper encore et encore !

J'entends quelqu'un me demander si ça va. Je le dépasse sans réagir. Je n'ai aucune envie de « chatter », mais alors aucune ! Je marche comme une furie dans le bar-restaurant, pressée d'arriver à notre table, de prendre mon sac et de me tirer aussi sec ! Je me fiche d'avoir l'air d'une folle avec mes cheveux en bataille et ma tenue débraillée. Je veux juste m'isoler. Le premier qui me touche finit en compote, en chair à pâté, en purée ! Je les hais, tous ! Aucun d'eux ne m'aime, aucun ne m'aimera jamais. Je suis tellement... seule.

Les larmes me montent aux yeux. J'en ai marre, marre, marre ! Paris devait être mon paradis, mon nouveau départ. Les choses étaient censées mieux se passer ici. Au lieu de ça, j'habite dans un studio tout pourri de douze mètres carrés dans la banlieue d'Évry, alors que j'ai cours à Paris Descartes ! Manque de places, de garants, mauvaise volonté de l'administration, malchance, j'en passe. Rencontrer Stéphane aurait dû améliorer les choses. Et non ! Ce n'est qu'un imbécile, en fin de compte. En qui j'ai tellement cru !

À présent, mes joues sont inondées. Malgré mes efforts pour maintenir une certaine contenance, ma vue se brouille. Au même moment, une main se pose sur mon épaule. Fermement.

Ce connard ose revenir à la charge ?

Sans hésiter, je me retourne pour l'attaquer de nouveau. Qu'il sente bien ma colère, cette fois ! Mais, au lieu de lui refaire le portrait, mon bras s'interrompt à mi-chemin. Réaliser qu'il a bloqué mon coup d'une main m'énerve encore plus. Je lance mon second poing avec rage. Il est obligé de reculer pour l'éviter. Il heurte alors un serveur et bascule en arrière. Je souris.

Je ne comprends que trop tard qu'il ne s'agit pas de Stéphane. Son uniforme est sans équivoque. Je viens de frapper un employé de l'établissement. J'écarquille les yeux au moment où les plats que tenait celui qu'il a bousculé font un vol plané et se brisent un peu partout. Dans un effort pour se rattraper, il tire la nappe de la table voisine, qui entraîne son menu à terre dans un fracas de verre. Les réactions en chaîne se succèdent. Tout le monde crie, tandis que les deux serveurs s'affalent au sol, le peu de vaisselle restée jusque-là intacte avec eux. Je suis horrifiée de ce que je viens de causer.

Celui que j'ai frappé réussit à balbutier :

— Mais... vous êtes malade !

Je remarque qu'il a un accent anglais particulièrement sexy.

— Pa... pardon !

— Vous pleuriez, j'allais vous demander si tout allait bien, explique-t-il en se relevant. C'est pas normal d'être aussi violente avec des inconnus !

Je sais que je suis coupable, mais ses remontrances m'énervent au plus haut point. Je ne suis pas *si* violente. Ce n'est pas *ma* faute si personne ne m'aime.

— Je suis désolée, dis-je en faisant demi-tour.

Mais le patron du bar m'arrête. Évidemment. Tout ça risque de me coûter très cher.

— Eh, Mademoiselle ! Va falloir réparer tout ça !

— Pardon... je ne savais pas, vraiment. Je paierai.

Mon portefeuille est dans la poche arrière de mon jean. Je le fouille et sors tous les billets à l'intérieur. Tout juste cent euros. Toute ma fortune. Comment vais-je terminer le mois maintenant ? Ce constat ravive mes larmes. Tout ça à cause de ma profonde bêtise.

— Eh ! Vous n'allez pas pleurer en plus ! C'est moi qui le devrais ! Des dizaines de plats à jeter ! La faute à qui, hein ?

—Pardon...

Je lui tends mes billets.

—C'est tout ce que j'ai.

L'homme arbore une mine dégoûtée.

—Juste ça ? Ça ne va rien couvrir du tout !

—Mais je n'ai rien de plus... je vous jure, je...

—OK. Filez-moi une pièce d'identité. J'ai besoin de garantie.

—Je...

Je n'ai pas mon passeport canadien sur moi, et je n'ai aucune envie de lui donner mon titre de séjour — ou plus exactement, mon titre de circulation pour mineurs étrangers —, qui a déjà expiré depuis quelque temps. J'ai bien un document qui prolonge sa validité, mais il est inutile sans l'original. Et je suis censée enfin en finir avec cette procédure de reconnaissance de nationalité dans un petit mois. Il a fallu tellement de péripéties pour réunir le nécessaire — je n'y croyais plus, par moments ! —, puis tellement d'attente au tribunal que je ne peux me permettre le moindre écart. Je garde mon titre, ce cher patron va devoir faire sans.

—Je n'ai pas de pièce sur moi, mais je reviendrai, promis.

J'essaie de passer. Il me bloque le chemin.

—Eh ! J'ai l'air d'un idiot, peut-être ?

Je sens un regard se poser sur moi, comme un poids dans mon dos. Je me retourne. Derrière le chaos que j'ai causé, je remarque Stéphane qui sort des toilettes en se tenant le nez. Il est en sang. Cette vision devrait m'arracher un rire, mais elle m'effraie. Je ne veux pas qu'il me voie ainsi : sanglotante, faible, vulnérable, idiote. Il faut que je m'en aille.

—Je... je dois y aller.

J'essaie encore de forcer mon passage, mais le propriétaire m'arrête d'une main. Il me traîne ensuite jusqu'au comptoir.

— Lâ... lâchez-moi !

Je ne pense qu'à Stéphane, qui est certainement en train de se moquer de moi. Il doit être mort de rire. Content de la vengeance de la vie. Pourquoi n'ai-je pas droit à un peu de chance, moi aussi ? Dire que je veux être avocate. Si le propriétaire du bar porte plainte, je suis fichue. Je suis en tort, et avec autant de témoins, je serai condamnée à payer tous les frais de réparation. Et ce n'est pas comme si je le pouvais. Les dés sont jetés. J'arrête de me débattre lorsqu'on atteint la caisse. Tout le monde nous regarde. Mes larmes ont redoublé, même si je ne fais aucun bruit. Elles coulent sans interruption. Je suis rouge de honte, désespérée, énervée, triste, abattue. Je n'ai plus le choix. L'homme saisit mon portefeuille à la recherche de ma pièce d'identité. Il tombe très vite sur mon titre.

— Eh ben, voilà ! Je l'ai, votre pièce ! Vous voyez, quand on cherche !

Il me rend mon bien, puis me chasse d'un geste.

— Allez, ouste ! Vous le récupérerez quand vous aurez de quoi payer.

— Je... je vous dois combien... au juste ? je demande, au bord du désespoir.

— J'enverrai la facture à votre adresse. Allez, ouste !

Je regarde mon titre de circulation une dernière fois, certaine que ma chance vient de s'envoler. Sans lui, je suis littéralement sans visa, sans papiers. De plus, je suis censée le rendre pour clore la procédure, pour enfin récupérer ma carte d'identité française. Si j'avais su, je me serais baladée avec mon passeport, qui lui est remplaçable. Que vais-je devenir ? Serais-je expulsée ? Ce serait tellement injuste ! Je suis française après tout, comme ma mère, mais leurs stupides procédures auront finalement eu raison de moi. Toutefois, s'ils m'expatrient, cela implique que je rentrerai au Canada. Pourrais-je y construire un avenir ? Je suis majeure désormais, je peux y retourner sans permission. Peut-être que tout ceci n'est qu'un signe ?

Je renifle une dernière fois et me dirige vers la sortie. Je suis presque dehors lorsque je sens quelqu'un me saisir le poignet. Mes poils se hérissent, j'ai envie de frapper de nouveau, de m'isoler, de briser ce contact qui viole mon espace vital. J'ai besoin de fuir. Mais malgré toute la colère qui m'anime, je reste calme, de peur de commettre une nouvelle bêtise. Je me retourne sans un mot.

Je tombe nez à nez avec le serveur que j'ai bousculé un peu plus tôt. Il me fixe avec ses petits yeux en amande. Je n'avais pas remarqué jusque-là qu'il était métis, qu'il avait de magnifiques cheveux bouclés me rappelant ceux de ma tante, et que son teint était proche de celui de mon père.

Je me dégage brusquement de lui, brisant le contact. Il a l'air contrarié, surpris même. Puis, les bras croisés sur sa poitrine, il parle, toujours avec son ravissant accent anglais :

— Ne vous inquiétez pas pour les frais, je vais m'en occuper.

La stupeur me paralyse un instant.

— Pour... pourquoi ?

— Vous... vous pleurez.

J'essuie mes larmes d'un geste.

— Et alors ?

— Eh bien, je n'aime pas trop voir ça.

J'insiste. Je ne comprends rien à son baratin.

— Je répète : et alors ?

Il lève les yeux au ciel.

—Vous avez vraiment un sale caractère. Écoutez, je veux vous aider, c'est tout. Vous avez l'air d'avoir eu une mauvaise journée.

Il ne me laisse pas le temps de répondre et fait demi-tour pour parler à son patron. Ce dernier me jette plusieurs coups d'œil incisifs, puis rend ma pièce d'identité au serveur dont je ne sais rien, à part qu'il s'apprête à rembourser la dette d'une inconnue.

Il revient ensuite vers moi et me tend la carte. Je la saisis sans un mot. Je suis trop choquée pour ça.

—Bonne journée, me dit-il simplement avant de se retourner.

—A... attendez !

Il me refait face.

—Oui ?

J'aimerais lui demander son nom, le remercier, lui payer un café tous les jours de l'année sans exception. Je serais même presque capable de faire sa lessive à vie. Mais au lieu de ça, je fixe l'étiquette sur son uniforme. Je mémorise son prénom, juste avant de voir Stéphane se diriger vers nous, le visage déformé par la colère.

Toutes mes intentions disparaissent dans l'instant. Je saisis mon sac et m'enfuis sans crier gare. Je ne regarde pas derrière moi. J'ai retenu le nom de mon bienfaiteur qui trouve que j'ai mauvais caractère. Si je le revois un jour, je ne manquerai pas de le remercier de vive voix. En attendant, je le fais silencieusement.

Merci, Alex.

❦ L'antichambre

Je suis de retour auprès de Glimel, coincée entre les mondes. L'étrangeté de la situation me perturbe. J'ai l'impression d'avoir rencontré Alex à l'instant, d'avoir encore toute la vie devant nous, de me nourrir de cet espoir naïf que les lendemains seront meilleurs. Pourtant, je vais peut-être bientôt perdre mon âme sœur. Pour de bon. La peur supplante peu à peu l'euphorie de notre première rencontre. Je suis paralysée.

—Vous avez passé plus de la moitié des portes, félicitations ! s'exclame Glimel, tout sourire.

Sa gaieté m'exaspère. Je suis en train de jouer ma vie !

—C'est quoi, le but de tout ça ? Vous voulez juste me montrer tout ce que je vais perdre ?

—Loin de moi cette idée. Et ce n'est pas exactement moi qui ai choisi cette situation. C'est la règle, c'est tout.

Je retiens mes larmes. Je repense à Alex, mon Alex. Tout ce qu'on a vécu sera peut-être réduit à néant dans quelques heures... ou jours. Après tout, je ne connais pas la notion du temps dans cet endroit maudit.

—Combien de temps s'est écoulé depuis ? Chez les vivants, je veux dire.

Glimel étudie de nouveau son registre.

—Il est difficile de répondre à cette question. Hum... je suis désolé, ça va prendre un peu de temps, je suis très nul en calcul.

Parce que les « guides » font des maths, en plus ?

J'attends. Il tourne plusieurs pages, revient en arrière, hésite, avant d'annoncer :

— Je dirais deux ou trois mois peut-être, rien de sûr...

Deux mois ! Pire, peut-être trois ! Je cours auprès du puits pour écouter Alex. Je ne l'ai pas fait depuis la première porte, et j'ai peur. J'espère qu'il n'a pas encore perdu patience, qu'il m'attend toujours, qu'il nous maintient en vie, le bébé et moi. Mon Dieu, cela voudrait-il dire que je suis enceinte de presque six mois ?

Dès que j'ai rejoint le puits, je m'y adosse, ferme les yeux et tends l'oreille. Un bruit de fond me parvient. Cela me fait penser à de l'eau au début, mais très vite, je comprends qu'il s'agit de musique, un titre qu'on écoutait souvent, Alex et moi, pour s'endormir. C'est également sur cette mélodie que nous avons fait l'amour pour la première fois. Ensuite, je perçois des sanglots. Ils me brisent le cœur. Il est là, près de moi. Je suis sûre qu'il me tient la main, je peux presque le sentir. Quelques larmes m'échappent à mon tour, mais je me reprends. Il ne reste que deux portes, j'y suis presque. Je m'essuie les yeux et, au même moment, sa voix se clarifie. Faible au début, mais bientôt aussi nette que s'il était à mes côtés :

— *Réveille-toi, je t'en prie... Je t'ai tellement attendue...*

Il toussote.

— *Désolé, j'ai pris un peu froid. Au début, j'avais peur de te refiler mes germes, mais au final, je pense que ça ne changera rien, hein ? Pardon, pardon, poupée, pardon.*

Il fait une pause, renifle un peu.

Mon cœur se serre. J'ai envie de partir. Je ne peux plus l'entendre souffrir de la sorte. Je me lève. Sa voix me retient.

— *Je... ta mère a passé la nuit ici, hier. Elle n'est repartie que pour aller chercher ta tante Annah à l'aéroport. Elle arrive du Canada aujourd'hui. Ta mère est restée seule avec toi près de trois heures cette fois. Je ne sais pas ce qu'elle t'a dit, mais elle avait les yeux encore rouges quand elle t'a laissée. J'espère que vous vous réconcilierez à ton réveil... enfin, si tu...*

Nouveaux sanglots.

Cette fois, je m'éloigne. Alex me manque horriblement, même si je ne passe que peu de temps dans l'antichambre. Chaque retour est comme un coup de poignard qui me transperce le cœur. Même quand je ne me rends pas au puits, le simple fait de redevenir adulte et de récupérer tous les souvenirs de notre vie à deux est douloureux. Pire que ça, insupportable.

Je repense également à ma mère, qui visiblement me rend souvent visite. Qu'a-t-elle pu me dire ? Se serait-elle enfin décidée à me raconter toute la vérité ? J'aurais aimé être là pour l'entendre. J'aurais souhaité pouvoir les voir, tous.

Je pleure jusqu'à ce que mes yeux soient secs. Ensuite je me sens mieux, prête à affronter le reste de l'épreuve. C'est alors qu'une main se pose sur mon épaule. Glimel, évidemment. Je le foudroie du regard.

— Quoi, encore ?

— Je suis désolé, mais... je dois vous parler. C'est important.

L'air affligé qu'affiche mon guide m'enlève toute envie de l'étrangler. Il y a vraiment quelque chose qui cloche.

— Dites-moi.

— C'est votre mère... murmure-t-il, l'air gêné. Elle vient d'arriver dans une antichambre. Je crois bien... qu'elle est dans le coma également.

Pendant une seconde, j'ai l'impression de sentir mon cœur s'arrêter.

Quoi ?

LIVRE 2

5.

« And in the end the words won't matter
'Cause in the end nothing stays the same
And in the end dreams just scatter and fall like
rain
'Cause all we are we are
All we are we are
And every day is a start of something
beautiful, something real »[5]

Math Nathanson — All we are

---

[5] « À la fin, les mots ne compteront plus,
Parce qu'à la fin, tout change,
Les rêves disparaissent alors et s'écoulent comme la pluie,
Parce que tout ce que nous sommes, nous le sommes,
Et chaque jour est le commencement de quelque chose,
Quelque chose de beau, de vrai... »

✠ L'antichambre

—Quoi ? Ma mère est... quoi ?

Je me suis levée brusquement lorsque Glimel m'a annoncé la nouvelle. Ma mère est dans une antichambre, dans le coma, comme moi. Je refuse d'y croire. Le destin ne me jouerait pas un tour aussi cruel, d'autant plus qu'Alex vient tout juste de me confier qu'elle est passée me voir encore la veille ! Qu'a-t-il bien pu lui arriver dans un laps de temps si court ?

—Votre mère est dans une antichambre, répète Glimel. Je ne sais pas ce qu'il s'est passé, mais je suis sûr qu'elle y est. Je ne me trompe pas. Je suis désolé.

—Mais...

Je ne parviens pas à finir ma phrase. Je me demande combien de temps il lui reste, si elle doit traverser la même épreuve que moi ou si elle sera morte dans les minutes qui suivent. Glimel semble deviner les questions qui me brûlent les lèvres :

—Je vous promets, je ne sais rien d'autre, dit-il. Elle a été confiée à un autre guide, et nous n'avons pas le droit de communiquer sur ce genre de choses. Mais je vous assure qu'elle est encore vivante.

—Pour l'instant, j'ajoute en retenant mes larmes.

—Pour l'instant, acquiesce-t-il.

Nous restons silencieux une longue minute, puis il reprend :

—Le mieux à faire, c'est de poursuivre l'épreuve. Plus vite vous l'accomplirez, plus vite vous serez fixée. Il n'y a pas une seconde à perdre.

Je ne réponds rien, encore sous le choc de la nouvelle. Ma mère est dans le coma. En ce moment, elle vit exactement la même chose que moi. Bien que je sache que c'est inutile, je croise les doigts dans mon dos avant d'opiner du chef.

— Finissons-en.

Glimel m'adresse un sourire triste et me mène jusqu'à la quatrième porte que nous franchissons sans attendre.

Lorsqu'elle se referme derrière nous, je traverse la familière phase de chute libre, la panique et les hurlements inutiles, les vaines tentatives de Glimel pour me rassurer, avant que tout s'arrête brusquement et se stabilise enfin.

Je constate alors, un peu perturbée, que je suis dans une petite pièce, en présence d'un homme bedonnant qui m'étudie avec curiosité. Non, plutôt avec suspicion. Glimel n'est plus là. Un coup d'œil aux alentours me fait comprendre que je suis dans une salle d'interrogatoire. Et l'individu en face de moi a l'air convaincu que je suis du genre à chercher les ennuis, voire que je suis une garce manipulatrice et mythomane. Je ne lis que le mot « coupable » sur son visage. Le souvenir de cette journée me revient alors en un flash.

Génial, on va s'éclater, dis donc...

~ Porte 4

Interrogatoire

—Je vous écoute, Madame, commence l'homme. Racontez-moi pourquoi je devrais vous laisser partir, cette fois. Plus j'étudie votre cas, plus je me dis que vous cherchez à finir en taule.

Le policier en face de moi fait une grimace qui me donne envie de lui foutre mon poing dans la gueule. Ce doit être la troisième fois qu'on se voit — pas par choix —, il a juste la fâcheuse et agaçante tendance à être systématiquement celui qui se saisit des dossiers mentionnant mon nom. Mais il peut toujours sortir ses crocs, je suis parée. Je lui souris donc innocemment :

—Monsieur, je pense n'avoir brisé aucune loi jusque-là. Et croyez-moi, je n'ai aucune envie de finir en taule comme vous dites, juste de rentrer chez moi. Et le plus tôt serait le mieux.

Je croise les jambes pour lui montrer que je n'ai pas du tout peur de lui. Je suis étudiante en droit, et en me basant sur les dires de mon ex-copain — à qui je dois d'ailleurs le plaisir d'être là —, je suis également une vraie teigne.

—Ça n'explique toujours pas pourquoi je devrais vous relâcher, ajoute-t-il en jetant un nouveau coup d'œil à mon dossier. Une plainte, passe encore. Deux, on commencerait presque à se poser des questions. Trois ? C'est carrément un appel à l'arrestation.

Je maudis intérieurement ma malchance. Après la petite « correction » que j'ai donnée à Stéphane, j'ai eu droit à un dépôt de plainte en règle. J'ai réussi à m'en tirer après des heures d'explications au commissariat, en me promettant de défigurer ce bon à rien la prochaine fois qu'il croisera ma route. Je ne le pensais pas vraiment, mais il a fallu que Stéphane me harcèle de nouveau à la fac. Pendant près d'un an. J'ai fini par craquer et lui ai arrangé le portrait en le forçant à embrasser une chaise en bois. Il a évidemment porté plainte, et j'ai dû m'expliquer à nouveau.

Y repenser me donne la nausée. Je me masse les tempes. Une migraine pointe le bout de son nez. Encore. En trois ans, je suis passée à la catégorie supérieure, ma combinaison Lamaline et Biprofenid ne faisant plus effet. Mon neurologue — oui, j'ai évolué à ce niveau-là aussi — m'a conseillé un nouveau traitement de choc, qui certes fonctionne, mais a l'inconvénient de m'assommer pendant deux bonnes heures.

— Vous savez très bien que ce n'est pas ma faute. Stéphane n'est qu'un pervers, je n'ai fait que me défendre. C'est moi la victime, ici.

Il répond quelque chose, mais ma migraine me déconcentre. J'ai l'impression qu'une véritable guerre se déroule dans mon crâne. Le policier zélé en face de moi devient d'ailleurs un peu flou. J'interromps son monologue :

— Il me faudrait de l'eau, s'il vous plaît...

Il me dévisage. Il doit remarquer ma faiblesse, car il jubile à présent :

— Répondez-moi d'abord.

Le connard... Il en rajoute à son palmarès. Il le fait exprès ou quoi ?

Je sais que ma prochaine action sera moyennement appréciée, mais ce gros boulet n'a pas l'air de comprendre, alors...

Je le fixe en essayant de ne pas cligner des yeux à cause de ma douleur au crâne.

—Je vous conseille vraiment de ne pas vous aventurer sur ce terrain, Monsieur. Je suis malade, je peux le prouver. Et ceci ressemble beaucoup à de l'intimidation. Je suis étudiante en droit et je n'ai pas le QI d'une huître, alors on va reprendre depuis le début. J'ai un traitement à prendre dans les cinq minutes, autrement je dévoilerai vos méthodes douteuses au tribunal le plus proche.

Mon cher ami des forces de l'ordre grogne, avant de se lever pour aller me chercher de l'eau. Lorsqu'il revient, je suis à moitié sonnée, mais je me force à paraître sûre de moi. J'avale ma combinaison magique et me tourne vers lui pour en finir :

—Écoutez, je comprends que vous en ayez marre. Vous voulez étudier un cas plus intéressant. Moi aussi, je vous le souhaite. Stéphane est un pervers, un manipulateur de première, et j'en passe. Je ne reviendrai pas dessus, d'autant plus que les charges contre moi ont été annulées par l'intéressé lui-même.

Autant dire que j'ai dû «discuter» avec notre cher Stéphane pour que tout ceci disparaisse. Je n'avais aucune envie d'aller au tribunal et de raconter la manière dont il m'avait bernée devant de parfaits inconnus en robe.

—Quant à la troisième plainte... vous savez aussi bien que moi que mon ex m'a frappée le premier. Je n'ai fait que me défendre.

Cette fois, j'ai besoin d'un verre d'eau pour continuer. Je songe à Mathieu, mon premier petit ami, mon premier... tout. Repenser à lui m'étouffe, m'écorche la peau, me tue de l'intérieur. Rencontrés à la fac, nous avons filé le parfait amour pendant un peu plus d'une année. Je l'ai aimé, je me suis offerte à lui, je l'ai vénéré. Nous avons vécu ensemble près de six mois dans un appartement de trente mètres carrés qui suffisait à notre bonheur. Tout allait bien il y a encore à peine quelques semaines. Une dispute, une seule... et tout bascula.

Il m'avait trompée. Je le savais, j'ai voulu l'y confronter. J'avais besoin d'explications, de comprendre pourquoi il avait cessé de m'aimer... ou s'il m'avait jamais aimée. Sa réaction fut très différente de tout ce que j'avais anticipé. Il m'a traitée de tous les noms, insultée sans arrêt. Je me suis sentie bête, stupide, inutile, diminuée. Pourquoi me disait-il tout ça alors qu'il était celui qui avait tout gâché ? Il a ajouté que tout était de ma faute, que j'étais en permanence tendue ou clouée au lit par mes migraines. Il en avait marre : je n'étais plus la même, et il fallait bien qu'il prenne du bon temps autrement. J'ai évidemment répondu que je ne comprenais pas, que je n'avais pas changé et qu'il ne pouvait pas m'en vouloir d'avoir mal de temps à autre. Cela n'a servi qu'à qu'envenimer la situation. Il a fini par me gifler pour me réduire au silence. Lorsque je me suis tournée vers lui, choquée, il a conclu qu'il me préférait muette. Ce fut la goutte d'eau qui fit déborder le vase. Je l'ai frappé en retour. Il a répondu, et ainsi de suite. Au final, j'ai gagné un œil au beurre noir, des ecchymoses, une séparation des plus brutales, et lui presque autant. J'ai quitté l'appartement en trombe et n'ai même pas pu récupérer toutes mes affaires. Quelle ne fut pas ma surprise de recevoir à ma nouvelle adresse une convocation au commissariat !

Je suis vraiment entourée de cas sociaux. Je devrais arrêter les garçons... Tout ça me fatigue...

— Vous n'avez fait que vous défendre, hein ? reprend le policier en me montrant les photos contenues dans le dossier du plaignant. Il avait pourtant l'air salement amoché.

Cette fois, j'ai une réplique toute prête. Heureusement, j'avais pensé à faire un constat chez le médecin après notre « dispute ». Rira bien qui rira le dernier. Je sors le document de mon sac et lui montre :

— Et ceci vous semble faux, peut-être ?

Le policier reste coi. Il regarde l'état de mon visage — qui a heureusement repris « d'autres » couleurs depuis —, puis vérifie les dates. Il réalise alors que mon constat précède celui de mon ex-copain connard. Au moins une chose qui jouera en ma faveur.

Il étudie les photos, le dossier, soupire.

— Écoutez. Je ne peux pas annuler la plainte, mais je peux signaler la légitime défense vu que vous avez des preuves. Par contre, si votre ami persiste, ça ira au tribunal. Ça vous va ?

Non, ça ne me convient pas, mais que puis-je y faire ? Je n'ai aucune envie de revoir Mathieu pour lui expliquer ma façon de penser et l'obliger à se rétracter. Quoique... Je vais y réfléchir. En attendant, j'acquiesce.

Mon interlocuteur bedonnant me chasse alors d'un geste :

— Allez, que je ne vous revoie plus, s'il vous plaît. Et restez à l'écart des problèmes.

Je ne prends pas la peine de lui répondre et sors de la salle aussi vite que possible.

Dehors, je me rends compte que je ne suis toujours pas au meilleur de ma forme. Tout est encore flou et instable. Ma migraine m'exaspère au maximum, presque autant que ce policier zélé que j'ai envie d'envoyer paître dans un épisode de « *La petite maison dans la prairie* ». Je fonce aux toilettes pour me mouiller le visage et reprendre du poil de la bête. J'avale également quelques bonbons qui traînent dans mon sac. Sans savoir pourquoi, ça m'a toujours aidé à mieux supporter les crises.

Je sors ensuite en comptant les minutes. Encore soixante-dix avant que la douleur commence à s'estomper. En attendant, je dois juste éviter toute altercation et, en gros, tout ce qui requiert l'emploi de mon petit cerveau. Il ne faut pas trop lui en demander non plus.

Je me dandine tant bien que mal jusqu'à l'entrée du commissariat, ne prête pas attention aux gens qui attendent leur tour et cherche la sortie. Je la trouve finalement, même si tout est encore instable autour de moi. Je dépasse une femme qui s'enquiert de mon état, lui adresse mon plus beau sourire pour la rassurer, puis me dirige vers la lumière, mon salut. Tout va toujours mieux sous un éclairage naturel. Les néons de ces salles bondées me donnent envie d'exploser, de vomir, de me tirer une balle dans la tête. Mais je suis civilisée, je ne ferai rien de tout ça. Ce ne serait pas correct pour les agents d'entretien.

Je me contiens, avance, trébuche, atterris sur un banc. J'ai mal aux fesses, mais je remercie la providence de ne pas m'être affalée au sol. Je décide alors de souffler quelques secondes. Je ferme les yeux...

Tout se calme aussitôt, ralentit. La paix, le silence. Je suis bien, je nage dans un océan de quiétude et de confort. Plus de douleur, de peine, de bruit, de réflexion. Tout n'est que sérénité. Je pourrais rester ainsi toute ma vie. Ne penser à rien...

—Mademoiselle ?

Je sursaute... et reviens dans le monde réel. Le brouhaha a refait surface, la paix n'est plus qu'un lointain souvenir. Me suis-je endormie ? Sans doute. C'est un des effets indésirables de mes pilules magiques. Je suis capable de m'assoupir à peu près n'importe où, tellement je suis *shootée*. L'avantage c'est qu'après je suis « presque » totalement requinquée.

D'un coup d'œil, je constate que je suis toujours au commissariat. *Zut !* J'espère ne pas avoir roupillé longtemps. Je fouille mon sac à la recherche de mon téléphone. *Ouf,* il est encore là. Et j'ai dormi... quarante-cinq minutes ! *Mon Dieu !*

— Mademoiselle ?

Ah oui ! J'avais oublié que quelqu'un m'interpellait. Je me retourne et croise le regard le plus sombre que j'aie jamais vu. Les cheveux de l'inconnu sont bouclés, à la limite du frisé, sa peau caramel, son sourire enivrant. Un seul mot me monte à la gorge lorsque je le reconnais, un que j'ai imaginé lui souffler à plusieurs reprises depuis trois ans, un que j'étais sûre de ne jamais pouvoir lui dire :

— Merci...

Il paraît surpris :

— De quoi ? Qu'ai-je fait ?

Je suis interloquée. Il ne se souvient pas. Pourtant, son accent est de ceux que je n'oublierai jamais. Alex, le serveur, celui qui a sauvé mon visa — et permis d'obtenir ma carte d'identité française le mois d'après —, qui a offert de payer les dégâts que j'avais causés. Les souvenirs de notre rencontre me reviennent en mémoire, et je me sens ridicule d'avoir pensé qu'il s'en souviendrait. Même si je ne vois pas comment on oublie quelqu'un à qui l'on a tant donné... Est-ce dans ses habitudes de débourser de telles sommes pour de parfaites inconnues ? Serait-il riche ? Ma théorie me semble très vite absurde. Un « milliardaire » ne travaillerait pas en tant que serveur et ne viendrait sans doute pas se terrer à plus d'une heure de Paris, dans le très bondé commissariat central d'Évry Courcouronnes. Je me moque intérieurement de ma propre bêtise. La migraine m'a bien eue, au final. Mon raisonnement approche souvent le niveau zéro — voire des valeurs négatives — en début et en fin de crise. La bonne nouvelle, c'est que j'en suis presque au bout. Heureusement, ou j'aurais été capable de bafouiller devant mon bel inconnu à l'accent anglais.

—Rien, je lui réponds. Je... vous ai pris pour quelqu'un d'autre.

—Pas de mal, dit-il en souriant. Ça va sinon ? Vous vous étiez... assoupie. C'est un peu dangereux, vous savez, de dormir avec son sac ouvert. OK, vous êtes dans un commissariat, mais quand même.

Je me passe une main dans les cheveux pour me donner une contenance.

—Ce n'était pas vraiment prémédité, mais merci du conseil. Je vais y aller.

J'essaie de me lever, mais je me rassieds brutalement lorsque ma vue s'obscurcit. Même si la crise touche à sa fin, je suis toujours faible. Satanée migraine !

—Ça n'a pas l'air d'aller fort... C'est une constante chez vous ou... ?

Il se souvient. Je ris malgré moi.

—Vous savez qui je suis alors...

—Bien sûr, dit-il en souriant. Oh ! C'était pour ça le « merci » ?

Je fais oui de la tête.

—Oh... eh bien, « de rien ». Vous avez besoin d'aide pour sortir ? Vous avez l'air souffrante.

Je lui jette un regard noir. Je *déteste* qu'on me dise que je suis malade ou toute chose qui me ferait paraître plus faible que je le suis. Je n'emploie cette formule qu'en dernier recours, comme un bon vieux *joker* sous ma manche. Et tout le monde sait qu'on ne gaspille pas ses *jokers*.

—Je ne suis pas malade ! je proteste en le regardant méchamment. J'ai juste... un gros mal de tête, c'est tout. Je suis parfaitement capable de me débrouiller seule !

—OK, OK, OK ! Toujours d'aussi mauvais poil, à ce que je vois.

Nouveau regard noir. Il se marre, à présent.

J'attends qu'il finisse et qu'il me propose son aide. Je la refuse alors avec joie et me bats avec moi-même pour sortir du commissariat, mon cher Alex à mes côtés.

Une fois à l'extérieur, je reprends des bonbons et, le soleil aidant sans doute, ça va tout de suite un peu mieux. De toute façon, selon mes calculs, il ne reste qu'une dizaine de minutes de vie à ma chère et tendre migraine... jusqu'à la prochaine dans soixante-douze heures. Je compte bien profiter du répit.

—On dirait que vous allez mieux, constate mon nouvel « ami ».

—Effectivement.

Je me tourne alors vers lui, une question sur les lèvres :

—Pourquoi m'avoir aidée ? J'ai eu beau chercher une explication, il n'y en a aucune qui tienne la route.

Il paraît surpris. Puis, sourit.

—Hum, *well*, je suppose que vous tenez vraiment à le savoir, hein ?

J'acquiesce. J'y tiens vraiment, vraiment, vraiment.

—Eh bien, vous m'avez rappelé quelqu'un et je pouvais vous venir en aide, alors...

Devant mon air perdu, il précise :

—Un jour, quand j'avais treize ans, la fille du voisin a débarqué chez moi et m'a demandé de la cacher pour la nuit. Je l'ai installée dans le garage et en ai tout de suite parlé à mes parents... qui l'ont ramenée chez elle, illico.

Il se passe la main dans les cheveux. Il paraît nerveux. Je me demande si j'ai bien fait d'insister.

—Le truc, c'est que le lendemain on apprenait qu'elle s'était suicidée, dit-il en souriant tristement.

Je me couvre la bouche, horrifiée.

—Je... je n'aurais pas dû, désolée.

Il secoue la tête.

—C'est rien. Six ans plus tard, lorsque son père a été mis en examen à la suite de nombreuses accusations de viols, j'ai compris... Quoi qu'il en soit, je me suis dit que si je rencontrais quelqu'un dans le besoin et que je pouvais aider, je le ferais. Ce jour-là, vous aviez l'air si mal... J'avais mis de l'argent de côté, alors je me suis permis d'intervenir.

Je baisse les yeux, émue.

—Je vois... merci, merci beaucoup. Je ne vous remercierai jamais assez. Vous n'imaginez pas à quel point vous m'avez sauvée ce jour-là.

—Tu peux me tutoyer, tu sais ?

Je le regarde, étonnée.

—Oh... OK, je te tutoie alors. Encore merci.

On reste ainsi une bonne dizaine de minutes devant le commissariat. Lui ne quittant pas ma droite, ne bougeant pas du tout d'ailleurs. Moi non plus. Est-ce le moment où je suis censée lui proposer de sortir ? J'ai longtemps rêvé de le remercier, ce qui est maintenant chose faite. J'étais aussi curieuse de savoir pourquoi il avait volé à mon secours, ce qui est également réglé. Est-ce que je souhaite le revoir à présent ? Je n'en suis pas sûre, mais je n'ai pas envie de partir et le planter là, même s'il y a de fortes chances qu'il soit lui aussi un cas social comme Stéphane et Mathieu. Cette dernière pensée m'enlève toute volonté. Je ne suis décidément pas faite pour les mecs.

—Je... il faut que j'y aille. Par là.

Je lui indique le chemin menant à la mairie de la ville. J'habite à moins de dix minutes du bâtiment. À son tour, il pointe la gare du doigt. Je comprends alors que j'avais raison sur un point, il n'est pas du coin. Je l'interroge sur ce qu'il faisait au commissariat, et il m'explique qu'il avait perdu son portefeuille et qu'on l'avait convoqué ici pour venir le récupérer — vide, évidemment.

Après sa petite histoire, je suis tentée de lui demander où il vit, mais j'ai peur que ce soit un peu *limite*, alors je ne dis rien de la sorte. Je prépare plutôt ma fuite. J'ai assez « socialisé » pour la journée, je crois.

—Bon, ben... j'y vais. Bon trajet retour !

Et je tourne les talons sans attendre mon reste. Je n'ai fait que quelques pas lorsqu'il m'arrête en me prenant la main. Je sursaute et il la retire, un peu gêné.

—*Sorry*, je ne cherchais pas à t'effrayer. Je voulais juste te proposer de... hum, aller prendre un verre ?

J'écarquille les yeux de surprise. Lui non plus n'osait pas poser la question ! Je suis sur le point de lui répondre quand il reprend :

—Vraiment désolé, je n'aurais pas dû... Je vais y aller.

Il a mal interprété ma stupeur. C'est à mon tour de l'empêcher de partir.

— Je veux bien, lui dis-je. Demain ?

Il sourit. Je l'imite.

Je n'ai jamais obtenu un premier rendez-vous aussi facilement.

~Porte 4

Tourbillon

Notre premier rendez-vous se déroule bien, nous apprenons à nous connaître dans une petite brasserie du quartier Saint-Michel. Une recommandation d'Alex, je l'ai suivi les yeux fermés. Je découvre qu'il est étudiant en école de commerce, qu'il est anglais — même si ça, je m'en doutais — et que ses parents et son unique sœur vivent toujours à Londres. Son métissage lui vient de son père Nigérian, dont la photo me rappelle le mien. Un visage souriant, affable, une carrure protectrice et rassurante. Tout comme son fils, qui a en plus des bras qui donnent envie de s'y lover.

Nous mangeons tranquillement, rions, plaisantons, avant de quitter le restaurant pour une longue balade sur les bords de la Seine. En général, c'est exactement le genre d'endroit que je trouve pathétique, mais allez savoir, aujourd'hui le fleuve me paraît brillant, attirant, romantique. Je comprends alors d'où viennent les surnoms de Paris: Ville lumière, Capitale des amoureux. Je me demande toutefois si ce n'est pas plutôt l'amour qui nous en donne une vision onirique, qui nous la fait percevoir autrement ? Peut-être qu'on ne peut en capter le potentiel qu'à travers des yeux aveuglés par des quantités astronomiques d'ocytocine ? L'inverse me paraîtrait étrange. Après tout, pourquoi n'ai-je jamais remarqué auparavant la magie des lumières qui illuminent le quartier, la beauté singulière et presque enivrante de la cathédrale Notre-Dame, l'appel chantant de la Seine ou encore le passage rythmé des bateaux ? Soudainement, il me semble même que, comme les passants autour de nous, nous sommes à présent capables de répondre à une chanson dont seule cette ville connaît le ton et les paroles.

En un instant, je me jure de rester ici, de ne pas quitter cet endroit magique, d'éterniser ce moment qui semble réservé à des privilégiés. Je me sens bénie et je veux que ça dure.

Je ne réalise qu'Alex me tient la main qu'au bout de plusieurs minutes, tant j'étais plongée dans les limbes de la béatitude. Il s'arrête ensuite devant une borne de taxi.

— Wow ! Il est près d'une heure du mat', Dana. On fait quoi, *now* ?

Il me regarde, attendant une autorisation. Je ne sais pas quoi lui dire. Je ne veux pas le quitter, mais je ne suis même plus sûre de me souvenir de mon nom. J'aimerais juste qu'il ne me lâche pas. Jamais.

Mais, qu'est-ce qui t'arrive, Dana ? Tu ne le connais que depuis hier !

— Il est tard... je finis par dire au prix d'un grand effort. Il vaut mieux qu'on rentre.

Il semble déçu. Je me sens obligée de préciser :

— Mais c'était super, vraiment.

Il sourit.

— Je te crois.

Mais pas moi. Ses yeux disent tout le contraire.

Je me penche alors en avant et pose mes lèvres sur les siennes. Il répond à mon baiser dans la seconde. Aucune hésitation. J'entrouvre la bouche et il en profite, cherche ma langue aussi loin qu'il le peut. Quand il la trouve, il joue avec, m'explore, me goûte, sans aucune retenue. Des sensations de plaisir naissent dans mon ventre, et je manque de perdre pied. Je m'accroche à lui, un peu gênée car nous sommes en pleine rue. Mais lorsqu'il m'enlace avec tendresse, j'oublie tout. Je profite de sa douceur, de sa force, de sa chaleur. J'enroule mes bras autour de son cou et me plaque davantage contre lui pendant qu'il caresse mes cheveux. Je fais de même sans m'en rendre compte.

Nous restons ainsi, jusqu'à ce qu'un bruit de klaxon et une lumière aveuglante viennent rompre la magie. Nous nous séparons brusquement... et constatons que nous sommes sur une place de stationnement. Je m'excuse auprès du chauffeur qui cherche à se garer et nous remontons sur le trottoir.

Une fois en sécurité, Alex éclate de rire. Je le regarde, abasourdie, avant de faire pareil. Je lui demande ensuite :

— Tu me crois maintenant quand je te dis que c'était super ?

— Oh oui !

Pour toute réponse, je pose un baiser chaste sur sa bouche, lui murmure un « au revoir » et hèle un taxi. Une voiture approche en quelques secondes, et je monte dedans avant qu'Alex ne remarque que j'ai des étoiles plein les yeux. J'ai hâte de le revoir.

Porte 4

Renouveau

Notre second rendez-vous est tout aussi magique, le troisième, au-delà du réel. Des semaines d'euphorie, de rires, de baisers et de découvertes s'écoulent ainsi, tranquilles, délicieuses, belles, trop pour être vraies. Puis ce sont des mois. La magie ne disparaît pas. J'en viens même à me demander si mon super-héros des temps modernes ne dissimule pas un énorme secret, un de ceux qui vous pètent au visage lorsque vous vous y attendez le moins. Un comme celui que mon cher ex m'avait caché. Je l'imagine dès lors me dire un jour : « J'aime taper les femmes » ou encore « Je prends mon pied en forçant les femmes » ou mieux, « Je suis *gay* ». Je sais que mes théories sont débiles, mais je ne suis qu'un être humain. Ne sommes-nous pas enclins à chercher la petite bête lorsque tout va un peu trop bien ?

Je continue donc de ressasser, d'anticiper le malheur qui viendra me frapper de plein fouet au détour d'une balade dans un manège enchanté. Au bout de quatre mois, je m'inquiète d'autre chose : notre relation « platonique ». La phrase « Je suis *gay* » remonte en boucle dans ma gorge, m'empêche de respirer. J'aimerais l'inciter à aller plus loin, mais malgré mon « fort » caractère, j'ai un peu de mal à inviter un homme dans mon lit, d'autant plus que je n'en ai connu qu'un seul dans ma vie, un qui a en plus fini par me frapper pour que je me taise. Je choisis donc la passivité, l'espoir, l'attente.

Deux semaines plus tard, je suis servie. Pas du tout comme je le prévoyais, bien évidemment !

Un simple coup de fil qui aurait dû être des plus agréables a tout fait tourner au vinaigre. Je lui précisais que je m'impatientais d'être à notre prochain rendez-vous et, après m'avoir écoutée, il a répondu d'une voix devenue monocorde :

— Je te rappelle, OK ?

— On ne se voit pas comme prévu, alors ?

— Pas aujourd'hui. Je te ferai signe.

Il a raccroché. Et n'a plus donné signe de vie.

J'ai patienté sagement près du téléphone. Plus les heures passaient, moins j'y croyais. Il avait été étrange, comme s'il était éreinté ou qu'il ne voulait pas me parler. S'était-il lassé de moi ? De peur d'avoir la réponse à cette question, j'ai choisi de faire confiance au destin et de patienter le temps nécessaire pour obtenir des explications.

Un jour...

Deux jours...

Trois jours...

Quatre jours...

À ce stade, mes ongles étaient rongés jusqu'au sang, j'avais pris deux kilos à force de manger du chocolat et mon téléphone était caché de peur que je fasse une bêtise.

Cinq jours...

Je craque. Je le rappelle. Et m'énerve lorsqu'il ne décroche à aucun de mes dix appels. À quoi joue-t-il ? Pourquoi me donner un aperçu du bonheur et me le retirer ensuite ? Quel genre de monstre agit ainsi ? Un qui cherche à prouver aux imbéciles comme moi qu'elles ne sont pas censées être aimées ? Une migraine m'oblige à arrêter de penser. Je me *shoote* de médicaments et m'endors presque sur-le-champ.

Six jours...
Une semaine...

Je suis plus calme. J'appelle de nouveau. Ça sonne dans le vide. Je peux presque entendre sa respiration de l'autre côté du combiné. Je sens sa présence, sa volonté de ne pas parler, de ne pas vouloir s'expliquer. Pas encore. Je fonds en larmes lorsque je finis par raccrocher.

Huit jours...
Neuf jours...

La peine est à son comble. Je ne peux pas supporter son ignorance. J'ai une envie subite de me plonger dans un bon manga, mais les premières pages me rappellent mon père. J'arrête tout, je sors, je vais courir pour me détendre.

Dix jours...

Nouvelle migraine. Je prends mes cachets, mais ils ne résolvent rien. Je finis aux urgences tant la douleur est insupportable. Ils me mettent sous morphine et me demandent d'avaler un cocktail de comprimés dont je ne veux pas connaître la composition. J'obéis et, quatre heures de sommeil artificiel plus tard, je suis dehors. Fatiguée.

Onze jours...

Je sors avec des camarades de classe, même si ce ne sont pas « vraiment » mes amis. Je prends l'air, ris, plaisante, flirte un peu avec un étudiant de quatrième année. Lorsqu'il me propose de continuer la soirée dans son studio, mon cœur s'affole, et je refuse poliment. Je monte alors dans le prochain RER pour rentrer chez moi.

Douze jours...

Treize jours...

Deux semaines...

Je me sens mieux. Mais je veux savoir. Il n'est pas question qu'il s'en sorte aussi facilement. J'appelle. Il ne décroche pas. Je décide de me rendre à son appartement, en plein dix-septième arrondissement de Paris. Je toque chez lui. Comme il ne répond pas, je rappelle. Je n'entends pas son téléphone sonner et en conclus qu'il n'est pas là. Je m'assieds sur le pas de sa porte et attends. Cette fois, je suis décidée. Il n'est pas question que je m'en aille sans explication. Je ne suis pas le genre de femme qu'on jette sans un mot et sans un regard en arrière ! Il va tout me raconter ou voir de quel bois je me chauffe !

Je mets mes écouteurs et patiente. Les minutes passent, puis les heures... Je m'endors... m'envole dans un monde peuplé de créatures étranges et de dragons, dans lequel je combats vaillamment un tyran sorti tout droit de l'imagination de Tolkien. Je suis sur le point de gagner la bataille lorsqu'une voix me transperce.

—Mademoiselle ?

Je sursaute, ouvre les yeux, tombe nez à nez avec un homme aux sourcils si épais qu'ils me rappellent ceux d'un personnage du manga « Naruto » — *Rock Lee*, de mémoire. Il a l'air perplexe.

—Vous ne pouvez pas rester là, Mademoiselle. C'est une copropriété privée. Je peux vous donner des adresses de refuge, si nécessaire ?

Je le fixe avec des yeux parfaitement ronds. Il croit que je suis une S.D.F. ! Super ! C'est tout ce qu'il me fallait pour clore ma journée, qui d'ailleurs est sûrement bien avancée. Je regarde ma montre : 23 h 20 ! Même en courant, je n'aurai jamais le dernier train pour Évry. La poisse !

Je me redresse, époussette ma robe et réponds à l'inconnu :

—Je ne suis pas S.D.F. Je suis la...

J'hésite à dire le mot « copine », vu les circonstances. D'ailleurs, Alex et moi n'avons jamais discuté de ce qu'on était l'un pour l'autre. Tout avait semblé simple et naturel... jusque-là. Avec un pincement au cœur, je finis ma phrase :

—Je suis la copine d'Alex Chinelo. Il vit juste là.

Ma réponse n'a pas l'air de le satisfaire, car il me regarde toujours de façon suspecte.

—Je peux vous montrer ma carte d'étudiant si vous voulez, j'insiste en fouillant dans mon sac. Je vais à la fac de droit, et j'ai un toit.

L'homme paraît gêné et refuse d'un geste :

—Non, non, je vous crois, restez.

Il m'adresse un faux sourire et traverse le couloir pour rentrer chez lui. Je soupire, de moins en moins convaincue que mon probable futur ex va montrer le bout de son nez. Et s'il ne le fait pas, je suis coincée ici, vu qu'aller à l'hôtel ou prendre un taxi ne sont pas des options. Il n'y a pas idée de claquer une centaine d'euros aussi bêtement. Je ne roule pas sur l'or, et ce n'est pas avec ma pauvre bourse et mon petit boulot de soutien scolaire à domicile que je vais combler ce genre de trou astronomique. Un jour, quand je serai une avocate reconnue, je me permettrai ce luxe... Pour l'instant, je dois réfléchir à l'endroit où je vais dormir.

Je m'assieds à même le sol et étudie mes alternatives. Il y a un bus de nuit qui part de la Gare de Lyon pour ma ville toutes les heures. J'ai la chance de n'en être qu'à un quart d'heure de marche. Je peux encore donner une heure à Alex. Après, je me débrouille pour rentrer.

Sur cette bonne résolution, j'avale mes comprimés pour tuer dans l'œuf une migraine naissante et sors un livre de ma sacoche. Avant d'atteindre la page vingt, j'entends des bruits de pas. Je lève la tête et attends.

La personne se rapproche du troisième étage.

Quelques secondes plus tard, mon supplice s'arrête enfin. Il est là, en face de moi, un sac sur le dos, l'air si fatigué qu'on dirait qu'il vient de traverser la Manche sur les mains — ou la tête. Il écarquille les yeux en me voyant au pied de sa porte, ouvre la bouche pour parler, mais la referme aussitôt. Je ne brise pas davantage le silence, curieuse de l'entendre me larguer en face, de savoir pourquoi. J'ai besoin de ça.

—Qu'est-ce que tu fais là ? me demande-t-il.

La question, le ton... tout me déchire le cœur. On dirait presque que je le gêne, moi qui l'attends depuis des heures. Depuis deux longues semaines, en fait.

—Comme tu peux le voir, je t'attendais, je finis par répondre en me levant pour lui faire face.

Il monte les dernières marches qui nous séparent, s'approche, me dépasse, déverrouille la porte et entre chez lui sans refermer. Je prends ça pour une invitation et lui emboîte le pas à l'intérieur.

Son appartement paraît plus froid que d'ordinaire, impersonnel. Il a retiré les photos qui étaient accrochées au mur, enlevé toute la couleur qui embellissait la pièce. On dirait presque qu'il est sur le point de déménager. Est-ce le cas ?

J'étudie ses mouvements sans oser interrompre son manège. Il pose son sac à même le sol, se déchausse, se vautre dans le canapé. Là, il allume la télévision et fixe les images sans m'accorder la moindre attention. Je reste debout à le regarder pendant ce qui me semble être une éternité. J'observe son regard résigné, ses yeux sans vie, son corps sans énergie. Je me demande d'où il vient, ce qui lui est arrivé, ce qui l'a rendu si sec. Je réalise d'ailleurs qu'il a maigri. Pas énormément, mais suffisamment pour que je le remarque. Ses muscles ne sont plus aussi dessinés qu'avant.

— Je suis crevé, dit-il enfin sans éteindre la télévision. Je te laisse le lit, je vais prendre le canapé.

Et sans un regard, il s'allonge.

Son indifférence me donne envie de lui faire bouffer sa moquette ! Je bouillonne, j'enrage, mais j'essaie de me contenir pour ne pas passer pour l'hystérique de service. Je suis venue chercher ma rupture, alors je vais l'obtenir avant d'aller me coucher — ou de rentrer chez moi —, si tant est que ce soit encore possible.

Je comble l'espace qui nous sépare, pose mon sac, lui retire la télécommande des mains et éteins sa fichue télé. Il lève enfin les yeux vers moi, mais j'ai toujours l'impression qu'il ne me voit pas. Que lui est-il arrivé ? Où est passé mon Alex chantant et souriant ? Est-ce que c'est vraiment moi qui l'ai rendu ainsi ? Est-ce que je suis si insupportable qu'il en est réduit à ça ? Je me force à endurer la souffrance qu'induit ce regard vide et l'interpelle :

— Faut qu'on parle, Alex.

— On peut faire ça demain ? implore-t-il d'un ton las. Je suis mort, là.

Je suis presque tentée, en voyant ses traits tirés, d'accepter. Mais non ! Je n'ai pas poireauté deux semaines pour être traitée ainsi. D'autant plus qu'il dormira comme un bébé, pendant que je vais passer la nuit à réfléchir, avant de gagner une super migraine demain, qui ne va pas faciliter les échanges.

Je lui sors alors mon mot magique, mon réconfort, mon salut :

— Non.

— Pourquoi est-ce qu'il faut que tu compliques toujours tout ? Je suis fatigué, je te dis.

Il se met en boule dans le canapé et se retourne pour ne plus me voir. Je lui tapote l'épaule pour le forcer à me considérer.

— Je m'en fiche ! Si tu veux rompre, fais-le comme un homme et tout de suite ! Je ne t'attendrai pas une minute de plus.

Silence.

Il se redresse finalement, se place face à moi :

— Tu es là pour tout arrêter, c'est ça ? me lance-t-il, plus sur le ton du reproche que de la fatalité.

— Je suis là pour comprendre, je rectifie. Pour la rupture, tu t'en charges déjà très bien tout seul. Alors, je t'écoute : pourquoi tu me jettes ?

Il ouvre la bouche, surpris, soupire avant de lâcher avec lassitude :

—Tu as raison... À quoi bon persister de toute façon ? Super, séparons-nous. Je te libère ! Maintenant, je peux dormir ?

J'encaisse sans bouger. J'insiste :

—Pourquoi ? Dis-moi pourquoi !

—Et toi, hein ? Pourquoi tu t'obstines ? J'ai besoin d'une raison pour te larguer ?

Cette fois, il a haussé le ton.

—Oui, il t'en faut une pour me jeter, moi ! Sois un homme et parle !

Il se rapproche. De si près, il a presque l'air effrayant.

—C'est peut-être ça ton *fucking problem*, Dana ! Tu ne sais pas quand lâcher prise ! Tu penses qu'un mec ne veut plus de toi et tu campes devant son appart' ? Tu chercherais pas un peu les emmerdes ?

Il me fait peur, cette fois. Il me rappelle presque mon ex. Je sens le coup venir, mais je ne bouge pas. J'avale ma salive et le défie du regard, la voix tremblante :

—Vas-y, frappe. Si c'est tout ce que tu es capable de faire.

Il reste interdit. Recule, marmonne des mots d'excuse, se passe une main dans les cheveux avant de taper du pied dans le divan. Depuis qu'on se fréquente, il n'a jamais semblé autant en colère, désemparé, désespéré. À ce moment, je réalise que tout ça n'a rien à voir avec moi. Il s'est passé quelque chose. J'attends qu'il finisse de se défouler contre le meuble, puis je m'approche.

—Qu'est-ce qui t'est arrivé, Alex ? Tu peux tout me dire. Je... je sais que ça n'a rien à voir avec moi. Tu as... changé. Tu es triste, et je ne peux pas t'aider si tu ne me dis rien.

Il me regarde.

— Et si je ne veux pas en parler ? Si j'ai envie d'autre chose, là, tout de suite ?

— À quoi tu penses ? je demande, soudain sur mes gardes.

Il ne répond pas. S'approche. Je recule, jusqu'à ce que je sois coincée contre le mur.

— Ne fais pas ça, Alex...

Il n'écoute pas et m'embrasse. Je ne le repousse pas. Il commence par explorer mes lèvres, ma bouche, avant de chercher ma langue. Lorsqu'il la trouve, des crampes me saisissent l'estomac, puissantes, magiques, enivrantes. Il me tient fermement les bras et me plaque contre le mur pour m'empêcher de fuir. Mais je ne compte pas le faire, je ne pense plus aux explications qu'il me doit. Je le veux. Là, maintenant, demain, pour toujours.

Il descend sa main et la glisse sous ma robe. Sa caresse m'électrise, et je me cambre malgré moi. Je me libère pour prendre un peu d'air et le regarde. Lui me dévore des yeux. À ce moment, je me dis qu'il n'est définitivement pas *gay*. Je me rapproche et lui caresse le visage tout en l'embrassant. Il pousse un grognement sourd en découvrant ma poitrine. Je ne le repousse pas, tout semble parfait. Il revient à la charge et m'explore avec plus d'avidité encore. Son désir alimente le mien et nos échanges deviennent de plus en plus passionnés.

Sans que je ne sache quand ni comment, il me débarrasse de mes vêtements et me conduit jusqu'au divan. Il se déshabille également, s'allonge sur moi, me touche. Je me sens de nouveau emportée dans un tourbillon de plaisir dont je ne connaissais pas l'existence jusqu'à aujourd'hui. Jamais Mathieu ne m'avait transportée de la sorte. Est-ce ça, l'amour, le vrai ? Ou n'est-ce que du sexe ?

Cette pensée m'effraie, tout d'un coup. La magie disparaît en un instant, et je le repousse gentiment. Il s'arrête et me fixe, interloqué :

—Tout va bien ?

—Oui... c'est... dis-moi ce qui se passe, Alex. J'ai besoin de ça, j'en ai besoin avant de continuer.

Il soupire et recule. Il s'installe dans un coin du divan, ouvre la bouche, hésite, avant de finalement lâcher :

—C'est ma sœur.

J'acquiesce pour lui indiquer que j'écoute. Je me souviens de sa sœur, de ce qu'il m'en a dit. D'ordinaire, il a trois photos d'elle autour du téléviseur. Aujourd'hui, elles brillent par leur absence. Il m'a raconté, une bonne centaine de fois, qu'ils étaient super proches et qu'il l'aimait plus que tout. Elle est de six ans sa cadette et vit à Londres. Se pourrait-il qu'il soit allé lui rendre visite ?

En le voyant baisser le regard, j'ai soudain peur qu'il lui soit arrivé quelque chose de grave. Je croise les doigts en espérant me tromper.

—Elle... reprend-il difficilement, elle... est mourante.

Sa phrase me fait l'effet d'un poignard en plein cœur. Et je suis sûre de ne ressentir que le millième de ce qu'il peut endurer. L'envie de le prendre dans mes bras m'envahit toute entière, mais je me retiens. Il a besoin d'une oreille, je ne dois pas le distraire.

—Je ne t'en avais pas parlé, mais elle a une leucémie, reprend-il. Depuis un an ou deux, elle se bat contre ce fichu cancer. Et moi, je...

Il serre le poing, tremble.

—Il y a deux semaines, mes parents m'ont appelé et demandé de venir en urgence. J'ai pris le premier avion pour

Londres. Sa rémission était finie. Elle était livide, vivante et morte à la fois. Le médecin nous a expliqué que le cancer était revenu en force et qu'il fallait réattaquer à coups de chimio. Au mieux, on vainc la tumeur. Au pire, elle est morte dans trois ou quatre mois, difficile à dire.

Il s'arrête. Respire.

— Mes parents et moi... aucun de nous ne lui sert à quelque chose. J'ai essayé de me rendre utile au maximum, mais j'ai fini par revenir, en bon lâche que je suis. Ma sœur est si jeune... Pourquoi ?

Cette fois, il pleure. Les larmes coulent sur ses joues dans un silence déchirant. Je ne résiste plus et l'enlace de toutes mes forces. Il ne me repousse pas, au contraire. Il s'abandonne dans mes bras et laisse échapper sa tristesse. Il ne fait aucun bruit, ne renifle pas, mais je perçois sa détresse. Je la sens s'écouler, le libérer peu à peu. Je me retiens d'éclater en sanglots, de peur de l'attrister davantage. Je veux être son roc.

Pendant qu'il vide son sac tout contre moi, je réalise quelque chose. Cet homme est exactement ce que je recherche. Un qui ne frappe pas, qui sait m'amuser, m'embrasser, me faire me sentir importante et qui est indéniablement capable de pleurer.

Je lui caresse le dos et lui pose de tendres baisers sur l'épaule. Le contact de mes lèvres lui donne la chair de poule. J'aime l'effet que je lui fais, alors je continue. Il finit par se redresser et me regarde, le visage bouffi par les larmes :

— Tu n'es pas choquée de me voir ainsi ? Un homme, ça ne pleure pas.

— Pourquoi le serais-je ? je lui réponds en souriant. Je t'aime. Avec ou sans larmes.

Il écarquille les yeux :

—Tu m'aimes ?

Étrangement, il m'aurait demandé mon prénom que la réponse m'aurait paru moins évidente. Évidemment que je l'aime ! Juste que je ne le savais pas il y a encore deux minutes. Il n'est pas obligé de connaître ce petit détail par contre.

Je me rapproche de lui et lui caresse la lèvre supérieure du bout de la langue. Il entrouvre alors la bouche en grognant. Je sens le désir en lui, jusque-là contenu, bridé, prêt à exploser. Remplie d'une audace nouvelle, je redouble d'ardeur et l'embrasse avec passion. Il répond à mon baiser avec une fougue retrouvée, enivrante, brûlante. Seul le besoin d'air nous force à nous séparer au bout de quelques minutes. Il s'apprête à se jeter sur moi lorsque je l'interromps d'une main, joueuse.

Il s'arrête, surpris, frustré également.

Je lui souris et fouille mon sac. J'en sors un CD qu'il reconnaît du premier coup d'œil. Il s'agit de l'album de Seal, celui que nous avons écouté en boucle sur mon walkman lors de notre premier rendez-vous. J'insère le disque dans son lecteur et la musique emplit la pièce. L'ambiance est alors plus magique que jamais. Je suis consciente que mon copain — oui, je peux l'appeler comme ça, désormais ! — est au bord de la crise de folie, mais j'ai confiance en ma capacité à le consoler, à ma façon. Ensuite, je l'épaulerai dans les épreuves. Je serai son bras droit, sa coéquipière, sa moitié. J'ai enfin compris que cet homme est celui que je désire. Et rien ne me l'enlèvera. Si un jour, je songe à rompre, il faudra que je me mette une grosse claque !

Alex me fixe. Les mots sont inutiles. Il franchit la distance qui nous sépare et m'embrasse fougueusement. Je me sens transportée dans un tourbillon de plaisir, dans un univers où on ne serait que deux. Une nuée de papillons explose au creux de mon ventre, mes jambes deviennent flageolantes, je dois me cramponner à lui pour ne pas flancher. Je sais à ce moment-là que je ne pourrai plus me passer de lui, sous peine de me sentir vide. Lorsqu'il pose ses mains sur mes hanches, les promène sur mon ventre, puis ma poitrine, je frémis. Il aligne alors des dizaines de baisers dans mon cou, sur mon épaule, tout en me menant lentement vers la chambre à coucher. Je perds pied à l'entrée de la pièce, si bien qu'il est obligé de m'aider à me redresser.

Rouge comme une pivoine, je ne peux m'empêcher de rire. Lui aussi s'esclaffe.

À cet instant, je réalise une chose à laquelle je n'avais plus pensé depuis la mort de mon père. Le bonheur existe. Il est là, sous mes yeux. Il consiste en des moments comme celui-là. Qu'importe le passé, ce qui compte, ce sont ces moments de pure insouciance, de complicité, de confiance. Je veux en connaître d'autres, aussi longtemps que la vie le permettra, avec lui, Alex, mon amour. Rien d'autre ne devrait avoir d'importance.

Je l'aime. Oh oui, je l'aime.

6.

« I lived my life in shadow,
never the sun on my face
I didn't seem so sad though,
I figured that was my place
Now I'm bathed in light,
Something just isn't right.
I'm under your spell,
How else could it be,
Anyone would notice me?
It's magic, I can tell
How you set me free,
Brought me out so easily. . .» [6]

---

[6] J'ai longtemps vécu dans l'ombre,
Jamais de soleil sur mon visage,
... Je n'étais pas triste, c'était juste ma place,
À présent, je suis enveloppée de lumière,
Quelque chose ne semble ne pas être à sa place.
Tu m'as sûrement envoûtée,

I'm under your spell — Buffy, The Vampire Slayer

Quelle autre explication pourrait-il y avoir ?
C'est de la magie, j'en suis sûre,
Tu m'as libérée bien trop facilement...»

✿ L'antichambre

Je suis tout émoustillée quand je réalise que je suis de retour dans l'antichambre. Je sens encore le souffle chaud d'Alex, sa présence, son aura irrésistible. Une chose qui n'a jamais changé entre nous, cette attirance indéniable. Ce fait me ravit plus que tout. J'ai même le sourire jusqu'aux oreilles. Je dramatisais peut-être en pensant que nous n'étions plus que l'ombre de nous-mêmes, lorsque je croyais encore ne jamais avoir d'enfants. Nous avions toujours cette magie, presque aussi forte qu'au premier jour. Avec tout ce qu'on a traversé, ça relève du miracle.

— Wow, c'était quelque chose !

Je remarque la présence de Glimel et deviens aussitôt rouge de honte.

— Eh ! C'était un moment privé avec mon mari !

— Vous n'avez pas grand-chose de privé pour moi en ce moment, me taquine-t-il. J'ai accès à tous vos souvenirs en même temps que vous. Je sais que c'est incommodant, mais… n'hésitez pas à ignorer ce fait si c'est plus simple pour vous.

Je lui jette un regard noir.

— Mouais, comme si je pouvais oublier que vous vous êtes rincé l'œil pendant qu'on se tripotait, Alex et moi ! Franchement…

Mon guide pouffe face à ma gêne, avant de reprendre, d'un air plus sérieux :

— Je sens que vous avez appris beaucoup de cette porte par contre, non ?

Je réponds sans réfléchir :

—Alex est mon soleil, je suis complètement dingue de lui et je me battrai toute ma vie pour le garder.

Glimel s'esclaffe de nouveau.

—Ce fut rapide comme conclusion. J'espérais quelque chose de plus développé !

Je ris également, avant de reprendre plus sérieusement :

—Eh bien, j'ai compris que nous n'avions jamais perdu notre magie, notre truc, malgré tout. Il m'est parfois arrivé de l'oublier, de ne me focaliser que sur le reste. J'essaierai de faire mieux quand je le retrouverai.

—Ça, c'est de la résolution ! s'exclame mon guide en se frottant les mains. Alors, vous êtes prête pour la toute dernière porte ?

—Pas encore. J'aimerais passer du temps avec mon mari d'abord. J'aurais peut-être des nouvelles de ma mère également.

Glimel acquiesce, tandis que je me dirige vers le puits.

Je m'y adosse et tends l'oreille. Rien. J'ai beau patienter, aucun son ne me parvient. Ou presque. J'ai l'impression de capter une respiration régulière, comme si quelqu'un dormait. S'agit-il d'Alex ? Je décide de rester, d'abord parce que ce son me rassure, ensuite parce que j'espère qu'il va finir par se réveiller et me parler.

J'attends un long moment, au point où j'ai presque envie de m'endormir à mon tour, à ses côtés, comme avant. Mais je me doute que je ne peux pas. Je n'ai encore jamais dormi dans l'antichambre — je n'en ai d'ailleurs pas ressenti le besoin, excepté le jour de mon arrivée —, et quelque chose me dit que la conséquence n'a rien de réjouissant. Peut-être même que c'est un synonyme de mort, que si je m'assoupis là, je ne me réveillerai plus.

Effrayée par cette perspective, je me lève brusquement et m'éloigne du puits. Glimel, qui était occupé à parcourir son registre, m'interpelle aussitôt :

— Vous êtes déjà prête ?

J'ai envie de lui dire oui, mais ce n'est pas exactement vrai. Je suis terrifiée. Je crois même que je n'ai jamais eu aussi peur de ma vie. La dernière porte... mes boyaux se tordent à l'idée d'y aller sans entendre Alex. Et si c'était la fin, après tout ? Et si je n'écoutais plus jamais sa voix après ça ?

— Eh bien...

Glimel perçoit mon hésitation et ferme bruyamment son registre.

— Ça va aller ! Soyez positive ! Dites-vous que tout sera fini bientôt, très bientôt.

— C'est bien ça qui m'inquiète... je grommelle.

— Quoi ?

— Rien ! A-Allons-y !

Je jette un dernier coup d'œil au puits et me dirige vers la cinquième porte qui s'est ouverte depuis un moment déjà.

C'est bientôt fini... hein ?

~Porte 5

Changements

Alex et moi sommes devenus un couple inséparable. Malgré la pénibilité des épreuves qui ont suivi notre première nuit ensemble, nous sommes restés unis. La maladie de sa sœur aurait pu nous détruire, mais non. Nous nous sommes dressés contre le monde. Seuls. Aimés. Heureux. Nous lui avons tout donné. Notre temps, notre dévotion, notre amour. Nous passions tous nos week-ends à Londres, étions sur tous les fronts, combinions nos études et les séjours à l'hôpital. C'est à cette période que j'ai rencontré les parents d'Alex, un couple séparé mais adorable.

Puis la sœur d'Alex a connu une nouvelle rémission, nous avons été diplômés, et nous nous sommes mariés dans l'euphorie du moment. Un simple passage à la mairie a suffi. Nous étions tellement soudés que c'était logique. Nous étions « un » face à tout ça, la parfaite moitié l'un de l'autre, nous combattions ensemble. Nous étions comblés.

Mais la sœur de mon cher mari est tout de même morte. Le cancer est revenu deux années plus tard, plus revanchard que jamais, et l'a emportée en seulement quelques mois. Toute une vie de combat acharné et... le néant. Alex en a été dévasté. Il n'a plus été le même après ça. Il a essayé de ne rien laisser paraître, mais rien n'y a fait. Il s'est enfermé petit à petit, comme s'il s'attendait à ce que je disparaisse moi aussi. Il se préparait à être seul, consciemment ou non.

Quant à moi, j'ai eu la chance de ne jamais avoir de casier judiciaire. L'affaire avec Mathieu — mon ex-copain — n'est jamais allée plus loin, il a finalement retiré sa plainte en voyant que mon dossier était solide. J'ai alors pu exercer ma profession d'avocate sans crainte, et mes premières années se sont plutôt bien passées, même si je n'éprouvais rien pour ce métier que j'avais pourtant choisi. Avec mon mari plus abattu que jamais, je n'avais plus de motivation en me levant le matin, je ne trouvais plus de sens à mon existence, je voulais quelque chose de plus. Alors, j'ai cherché... jusqu'au jour où j'ai croisé une famille dans un parc. Leur joie de vivre a été contagieuse, à tel point qu'en un rien de temps, j'ai réalisé que c'était ce qu'il me manquait, que je voulais des enfants, avec Alex.

Je lui en ai parlé et, comme je m'y attendais, il a sauté de joie. À vrai dire, il me l'avait déjà proposé un peu après notre mariage, mais je n'étais pas prête à l'époque. Il avait donc toutes les raisons d'être heureux, d'autant plus qu'il rêvait depuis toujours d'avoir une grande famille. Dans l'euphorie du moment, il a d'ailleurs décidé de systématiquement m'appeler sa « poupée » fétiche, en référence à un conte que lui racontait son père, sur une poupée *vodoun* qui aurait permis à un jeune garçon infirme de connaître l'allégresse. Alex signifiait ainsi que j'étais devenue l'unique condition à son bonheur. L'allusion était née le jour de notre mariage, d'une blague qu'avait faite son père juste avant l'échange des anneaux. Depuis, elle était restée, à mon grand ravissement. J'aimais bien ce surnom.

Nous avons tout prévu ensuite, tout, même le berceau dans la chambre d'ami. Jusqu'à ce que, après une année de pratique — intensive, ô combien plaisante, mais malheureusement infructueuse —, le diagnostic tombe. J'étais stérile, aussi sèche que le sable du désert, incapable de donner la vie. Le terme médical exact était plutôt hypoféconde, mais pour moi, c'était pareil.

« *Vos chances de devenir mère sont proches de zéro, mais vous devez savoir qu'il existe des solutions alternatives pour fonder une famille.* »

Cette phrase m'a fait l'effet d'une bombe, d'un gouffre, d'un poignard dans le cœur. Je ne produis presque pas d'œstrogènes. Le médecin a déclaré que « *ce sont des choses qui arrivent*», mais persuadée que ces saletés de médicaments contre la migraine n'y étaient pas pour rien, j'ai arrêté d'en prendre. Une semaine d'allers-retours aux urgences plus tard, j'ai dû me résigner à reprendre mes petites drogues. D'autant plus qu'il n'y a sûrement aucun lien entre elles et ma stérilité.

Alex m'a soutenue dans cette épreuve du mieux qu'il le pouvait, vraiment, mais j'ai senti sa déception. Depuis, il me regarde avec plus de mélancolie, moins de passion. Nous sommes toujours un couple, mais de mon point de vue, tout a changé.

Une semaine où il s'est absenté tous les soirs pour des raisons obscures, j'en ai eu marre et ai fait mes valises. Je lui ai laissé un mot et ai pris le premier vol pour la ville de Montréal, au Canada. J'avais besoin de retrouver le quartier de mon enfance, d'autres repères.

Sur place, j'ai demandé au taxi de tourner dans les rues, juste pour que je m'imprègne de chaque détail, de tout ce qui avait changé. Je me suis évidemment arrêtée devant mon ancienne maison, qui est visiblement habitée par un couple dans l'attente d'un heureux événement. Je les ai observés de loin, avant de continuer. Je ne suis pas allée voir ma tante, j'ai posé mes affaires dans un hôtel en espérant qu'on m'y oublie. Seulement, les choses se passent rarement comme prévu…

Retour aux sources

Je suis tranquillement en train de récupérer du décalage horaire lorsque mon téléphone sonne. Je grogne, tourne dans le lit et le repousse du pied. Il s'arrête, puis relance sa musique agaçante. Je finis par me réveiller complètement et décroche malgré moi. La voix au bout du fil achève de me tirer de mon pseudo-sommeil :

— *What ?* Dana ? Parce que t'es en vie, en plus ? Où est-ce que tu es passée ?

Alex.

— Je suis à Montréal, mon chou. Je vais bien.

— *Oh my God !* Montréal ? Genre, le Canada ? Ton mot disait « j'ai besoin de prendre l'air », pas d'aller à l'autre bout du monde !

Il a l'air très en colère. Je n'ai même pas eu droit à un « poupée » depuis le début de la conversation. Ça sent mauvais.

— Calme-toi. Je ne vais pas m'envoler. Je reviens dans une semaine, *max.*

— Facile à dire, alors que tu t'es enfuie sans regarder en arrière. Je suis ton mari, bon sang ! On partage ces choses-là !

Là, c'est à mon tour de m'énerver.

— Ah oui ? Et c'est toi qui me fais la morale ? Toi qui n'es pas rentré à la maison pendant près d'une semaine ? Je veux bien que tu te coltines plein de réunions et que tu ailles souvent à la salle de *gym*, mais, au bout d'un moment, va falloir être honnête ! Tu n'as pas envie de me voir, un point c'est tout ! Je t'ai simplifié la tâche !

Silence de l'autre côté du combiné.

— Alors c'est comme ça que tu règles nos problèmes ? En t'enfuyant ?

— Non, en essayant de respirer, c'est différent. Tu as beau dire que tu t'en fiches, je ne te crois pas une seconde ! Tu m'en veux de ne pas te donner d'enfants !

— Que...

Il s'arrête, cherche ses mots, reprend :

— Comment peux-tu penser ça ? Je ne peux pas te blâmer, alors que ce n'est pas ta faute !

— C'est bien ça, le problème. Je crois que tu n'en as pas envie, mais tu me le reproches quand même. Tu...

Un souvenir douloureux me revient en mémoire. Un message sur lequel je suis tombée par hasard. Un *texto* d'Alex à Julie, son ex, sa super bonne copine de toujours.

— Tu as dit à Julie qu'en voyant sa famille aujourd'hui, tu regrettais...

Ma gorge se noue.

— Tu regrettais parfois d'avoir tout arrêté entre vous.

Nouveau silence. C'est à mon tour de m'impatienter :

— Tu vois ? C'est bien ce que je disais. Tu prétends le contraire, mais tu m'en veux. Je t'appelle en rentrant. *Bye*, Alex.

Je raccroche aussitôt et m'effondre en larmes. Il rappelle, mais je ne décroche pas. Je n'ai aucune envie de l'entendre, là, maintenant. Je ne lui en veux pourtant pas, je suis la seule responsable de tout ça. Alex ne me tromperait pas, mais savoir qu'il a eu des regrets — même s'ils n'ont duré que quelques secondes — me déchire le cœur. Je n'ai pas envie de le retenir accroché à une chaîne invisible, j'aimerais qu'il puisse avoir des enfants s'il le désire. Je suis prête à me séparer de lui si nécessaire, quand bien même je sais qu'il me détesterait pour ça.

J'éteins mon téléphone et allume la télé. Après deux heures de visionnage d'émissions toutes plus débiles les unes que les autres, je me rendors le ventre vide.

≈

Le lendemain, je sors me balader. Les rues défilent lentement, je prends la mesure de tous les changements qu'il y a eu depuis mon départ. Le lycée est toujours à l'endroit où je l'ai laissé, dans le même état. J'y entre par nostalgie et souris en voyant des filles de toutes les couleurs s'y promener. Le monde a tellement changé en dix-huit ans ! Je continue à flâner jusqu'à tomber sur une silhouette familière, celle de la Principale, en train d'inspecter quelque chose sur le tableau d'affichage de la cour d'entrée. Elle a pris quelques rides et des cheveux blancs, mais elle est toujours aussi impressionnante. Je l'accoste après une seconde d'hésitation :

— Madame Wood ?

Elle se retourne et écarquille les yeux de surprise.

— Je rêve ou vous êtes Mademoiselle Bell ?

— C'est bien moi, je réponds en lui adressant un petit sourire.

Contre toute attente, elle me prend dans ses bras, avant de me lâcher tout aussi vite, gênée.

— Je suis désolée, je... ça fait tellement longtemps ! Que devenez-vous ?

— Moi aussi, je suis ravie de vous voir. Euh... je suis avocate maintenant.

— Vraiment ? Impressionnant ! J'ai toujours su que vous réussiriez ! J'ai eu peur après ce qui est arrivé à votre... hum, quoique, vous ne souhaitez peut-être pas en parler.

Même si je sens une migraine pointer le bout de son nez, j'essaie de la rassurer :

— Ne vous inquiétez pas. Tout ceci appartient au passé. J'y suis arrivée, c'est l'essentiel.

Elle acquiesce en souriant.

— Vous êtes là pour longtemps ?

— Juste quelques jours. Je passais simplement dans le coin, me ressourcer un peu en quelque sorte.

— Bien sûr, bien sûr ! Vous devriez venir à la maison ! Clément sera ravi de vous revoir !

Clément... je l'avais oublié, celui-là. Ainsi, il vit toujours à Montréal. Je ne suis pas sûre d'avoir envie de ces retrouvailles, mais je n'ai pas le cœur de refuser l'invitation de la Principale. J'accepte donc, et nous échangeons nos numéros avant que je ne m'éloigne enfin.

Je reprends ma promenade en fredonnant. Je m'arrête dans un *Jean Coutu* pour acheter de l'eau, avale mes comprimés contre la migraine et me rends dans un parc du quartier pour me détendre un peu. Le trajet me prend environ une demi-heure à pied. Sur place, j'étale mon écharpe passe-partout au sol et m'allonge sur l'herbe pour profiter du beau temps. Nous sommes au début du mois de mai, le soleil est au rendez-vous. Je ferme les yeux au moment où la migraine attaque. Je reste ainsi une bonne heure, incapable de bouger, savourant la brise et le calme. Mes drogues me bercent, me transportent dans un pays de douceur et de paix. Je me laisse porter pendant un moment, jusqu'à ce que je sente quelqu'un me secouer :

— Hey, hey ! Madame !

J'ouvre les paupières et reviens brusquement dans le monde réel. La migraine a presque disparu. Une ombre me fait face, le soleil derrière elle. Je me protège les yeux et me redresse.

— Je suis vraiment désolé, Madame, mais votre cellulaire sonne depuis un moment...

J'entends ma sonnerie et me rappelle avoir rallumé mon portable pour noter le numéro de la Principale. Je me suis endormie sans crier gare et l'ai oublié tout près de moi.

Quelle idiote je fais, on aurait pu me voler !

Je me souviens alors que je suis à Montréal et que les gens y sont particulièrement polis, civiques et serviables. Je regarde l'écran de mon téléphone, y vois le nom d'Alex et raccroche d'emblée.

Je remercie ensuite l'homme en face de moi :

— Merci beaucoup ! Je suis beaucoup trop imprudente.

L'inconnu fronce aussitôt les sourcils :

— Dana ?

Il se décale alors pour que je le distingue mieux.

— Clément !

Il éclate de rire, s'installe près de moi, me détaille. Je fais de même. Bien qu'il soit assis, je remarque qu'il a grandi — il fait aisément un mètre quatre-vingt-quinze maintenant ! —, a pris un peu de poids, quelques centimètres de cheveux blonds, et est toujours aussi craquant avec sa fossette gauche qui en a fait tomber plus d'une.

Ce devrait être interdit d'être attirant à ce point !

Toute mon appréhension à l'idée de le revoir s'est envolée dans la seconde.

— J'arrive pas à y croire ! C'est bien toi, là ?

— En chair et en os, je lui souris.

C'est pas possible ! Qu'est-ce que tu fais là ? Tu n'étais pas en France, ou quelque part dans ce coin ?

Je lui raconte alors mon départ, ma vie en France, du moins dans les grandes lignes. Il m'écoute, puis me parle de lui. Il m'annonce qu'il fait de la programmation pour une société de jeux vidéo et a dû arrêter le hockey après une blessure qui a mis un peu trop de temps à guérir. Il me relate plusieurs anecdotes, sa relation avec sa mère, sa vie amoureuse chaotique et d'autres déboires qui me font beaucoup sourire. En deux heures, nous sommes de retour dans le passé, aussi proches — voire plus — que nous l'étions au collège. Il m'explique qu'il a bien reçu mon exemplaire d'Albator, qu'il l'a gardé depuis et qu'il regrette de ne pas avoir pris ma défense contre Ophélie à l'époque. Il ajoute qu'il avait eu peur de ma réaction violente sur le coup et que lorsqu'il s'était retrouvé face à sa mère et celle d'Ophélie, il n'avait plus su quoi faire, mais qu'il avait déploré sa lâcheté par la suite. Beaucoup. Je lui dis que c'est du passé, et il semble ravi.

Ensuite, il me pose des questions, essaie d'en apprendre davantage sur moi. Au début, je suis réticente, mais je finis par lui avouer mes tourments. Je lui parle de mon père, de ma mère, de mes migraines, d'Alex, de ma stérilité. Une fois la vanne ouverte, j'ai du mal à la fermer, je me sens obligée de continuer, de vider mon sac. J'ai d'ailleurs tellement peu l'habitude de me livrer ainsi, que Clément doit me recentrer plusieurs fois, me recadrer pour m'éviter de partir dans tous les sens. Quand je finis, je suis surprise de voir que j'ai les yeux mouillés et une boule de la taille du soleil dans le ventre. Je prends une grande bouffée d'air et essaie de clore le sujet :

— Je ne comprends pas quel est mon problème... Mon père est mort, OK, ma mère est peut-être responsable, OK, j'ai de sales migraines qui me pourrissent la vie, OK, je ne peux pas avoir d'enfants, OK, mais c'est tout ! Ça aurait pu être bien pire ! Tout ça est sans doute arrivé à des millions de gens, et ils ne sont pas aussi mabouls que moi !

— Déjà, ça tu n'en sais rien, si c'est arrivé à des millions de gens dans cet ordre-là et de cette façon-là, ou pas. Et ensuite, ce n'est pas parce que c'est arrivé à d'autres que ça ne devrait pas faire mal. Chacun réagit comme il le peut. À notre manière, on est tous un peu fous quand on y pense.

— Peut-être, mais ma réaction à moi est débile, dis-je en reniflant.

— Peut-être, mais elle est mignonne comme tout.

Je le regarde... et, pour la première fois depuis des semaines, je m'esclaffe. Pas un rire forcé, un qui vient du cœur, un qui me donne l'impression que mes poumons vont s'arracher. Je finis en toussant tant c'est intense. C'est horrible, mais c'est tellement bon !

Mon psychologue provisoire se met alors à m'exposer ses mésaventures les plus épiques et réussit à me faire rire à plusieurs reprises. Il agit comme si rien de tout ce que je lui ai dit n'a d'importance, comme si je pouvais tout effacer et redevenir une enfant. Aucune contrainte, aucune responsabilité. Juste lui et moi, sous ce beau soleil du mois de mai.

L'après-midi s'écoule ainsi, joyeux, agréable. Lorsque le crépuscule approche, nous constatons que le parc s'est vidé et que nous en sommes les derniers squatteurs. Clément arrête de raconter des blagues et devient subitement sérieux :

— Tu sais, je pense que tu as besoin de te débarrasser du poids de certaines choses. Tu devrais parler à ton père, sortir ce que tu as sur le cœur. Tu n'as jamais eu l'occasion de lui dire au revoir alors il est temps, je crois. Ça te ferait du bien.

Je pouffe.

— Très drôle. Et tu veux que je lui parle comment ? Par la pensée ?

— Pas besoin de devenir télépathe pour ça !

D'un bond, il se met debout. Je réalise de nouveau à quel point il est grand. Je fais un bon mètre soixante-seize et, pourtant, je me sens toute petite à côté de lui. Il me tend la main et m'aide à me lever à mon tour. Il m'indique ensuite un arbre :

— Voilà ton auditoire ! Allez, vide ton sac. Oublie que je suis là. Je peux même m'éloigner si tu le souhaites. Tu seras complètement seule. Tu as le droit de taper aussi, rajoute-t-il dans un clin d'œil.

Sa remarque me pousse à sourire. Il ne perd rien pour attendre.

Je me positionne, pleine d'appréhension. Que veut-il que je dise à un arbre ? Je me retourne et le vois en train de m'encourager en reculant. Je lui fais signe de s'éloigner davantage, et il obéit en m'adressant des gestes approbateurs. Il est adorable.

Je refais face à mon auditoire improvisé, prends une immense bouffée d'air et essaie de visualiser mon père. Autant dire que je me trouve aussitôt ridicule. Après quelques encouragements supplémentaires de Clément — mon tortionnaire au grand cœur —, je m'y reprends, sans conviction toutefois :

— Papa, je...

Je secoue la tête, ferme les yeux, m'imagine dans la chambre d'hôpital où je l'ai vu pour la dernière fois.

— Tu me manques, papa. Je... j'aurais aimé t'avoir près de moi toutes ces années, mais surtout...

Les mots prennent de plus en plus forme, un barrage s'ouvre en moi. Je sens l'eau se déverser dans ma poitrine, m'étouffer. Je dois respirer !

— Je ne comprends pas, papa. Pourquoi maman m'a écartée ? Pourquoi ? Est-ce toi qui lui as demandé ?

Le fait de ne recevoir aucune réponse me frustre, m'énerve.

— Qu'est-ce que je suis pour vous, hein ? Un pion ? Vous m'avez mise de côté comme si je n'avais aucun sentiment, comme si je ne comptais pas ! Pourquoi ? J'aurais pu le supporter, je mérite de connaître la vérité ! Est-ce que vous avez la moindre idée de ce que ça fait, hein ? De se sentir inexistante, inconsidérée, de ne pas savoir ? Tu disais qu'on était une famille, qu'on devait tout partager...

Je m'effondre en laissant les larmes couler sur mes joues, incapable de m'arrêter.

— Tu as menti, tu as menti sur toute la ligne. Et moi, je t'ai tellement attendu ! Je t'ai cru quand tu as dit que tu rentrerais. Maman aussi, je l'ai crue quand elle m'a fait toutes ces promesses. Mais la vérité, c'est que vous m'avez mise dans un coin et m'y avez oubliée ! Je... tu étais le meilleur papa du monde, tu... tu me manques tellement ! Tu me manques...

Je continue d'une voix faible :

— Et le pire dans tout ça, c'est qu'on est seul, papa. Je suis toujours seule. Même quand je suis accompagnée, je suis seule face à mes problèmes. C'est assez déprimant...

Je baisse la tête, je n'ai plus la force de poursuivre. Mais je respire à nouveau. Je me sens un peu mieux. Deux grands bras m'enveloppent aussitôt par-derrière. Je m'y emmitoufle, profite de leur chaleur, de leur soutien. J'avais besoin de ça.

Clément me berce pendant de longues minutes et essuie mes larmes. Je le remercie du regard pour tout ce qu'il a fait et j'espère qu'il sait que je lui en serai éternellement reconnaissante. Il doit comprendre mon allusion, car il sourit et me pince le nez pour m'embêter. Je ris de bon cœur et riposte. On se chamaille ainsi, comme des gosses, sur la pelouse du parc qui sombre de plus en plus dans l'obscurité. Encore un moment de bonheur à chérir. Cet après-midi a été magique, au point où j'ai oublié ma stérilité, ce qui n'a pas de prix.

Je finis par me détacher de lui, essoufflée. Je me lève, époussette ma robe et l'aide à se mettre debout à son tour. Je m'apprête à lui annoncer que je vais devoir y aller lorsqu'il s'approche tout d'un coup et pose ses lèvres sur les miennes.

Prise par surprise, il me faut une seconde pour le repousser. Je le regarde alors, horrifiée, perdue, en colère. Lui s'excuse aussitôt :

— Je... pardon, vraiment je ne... pardon.

J'aimerais lui en vouloir, le frapper, l'insulter, mais ce ne serait pas juste. Pas après cet après-midi de rires qu'il vient de m'offrir. Je lâche plutôt :

— Je... c'est oublié, mais ne me refais jamais ce coup, OK ?

Il acquiesce.

— Je vais y aller. Ça va aller, toi ?

—Dana, je...

Il prend une grande bouffée d'air :

—Je suis vraiment désolé. Je pensais... La vérité, c'est que je t'aimais beaucoup à l'époque, et puis il y a eu cette histoire avec Ophélie. J'ai été surpris, j'avais peur, je ne savais pas quoi faire. Et puis, il y avait aussi ma mère. Je devais donner l'exemple en tant que fils de Principale... ce n'est qu'après que je me suis rendu compte de ce que cela impliquait réellement. J'avais été lâche, tout simplement. Je m'en suis voulu et, quand j'ai reçu ton manga, je me suis juré de me faire pardonner un jour. Je l'ai gardé, et je pense qu'une partie de moi est restée bloquée dans le temps, pile à ce moment. J'ai aimé d'autres femmes, mais au fond, j'essayais toujours de te voir à travers elles. Et là... quand je t'ai revue, je me suis dit que j'avais la berlue ! Et puis, cet après-midi était tellement... magique. Bref, ce que j'essaie de te dire, c'est que je suis bien conscient que tu es mariée et tout, c'est juste que... je devais être honnête avec toi. Tu es une femme comme on en voit peu.

Son discours me surprend. Je ne suis pas exactement le genre de fille qui a souvent fait « tomber » les hommes. Je n'aurais jamais pu imaginer un tel scénario. En y repensant, c'est même complètement dingue. Comment peut-il penser à moi depuis tout ce temps ? J'ouvre la bouche pour répondre, mais il m'arrête :

—Ne dis rien, Dana, je n'attends rien de toi. Et n'aie pas mal pour moi, surtout ! J'ai lu quelque part que la peine demandait à être ressentie. Je trouve que c'est valable pour l'amour également, qu'il soit partagé ou non. Tout ça contribue à l'équilibre de la vie, quelque part. Peut-être que ma déclaration aujourd'hui t'aidera à évoluer, moi aussi d'ailleurs. Je suis convaincu que rien n'arrive par hasard. Cette journée devrait être marquée d'une pierre blanche, quand on y pense.

C'est le jour où je t'ai fait rire, pleurer et où j'ai enfin eu l'occasion de t'avouer ce que je ressens. C'est déjà pas mal, tu ne crois pas ?

Je souris. Cet homme est *vraiment* adorable. Pour toute réponse, je l'enlace. Puis, je m'éloigne et ajoute :

— J'ai tout bien noté, Monsieur le charmeur philosophe. Mais, à partir d'aujourd'hui, interdiction de te perdre de vue ! File-moi ton numéro.

Son visage se fend d'un grand sourire. Je me sens obligée de préciser.

— Eh ! Pour discuter, gros bêta ! J'aime mon mari et, crois-moi, je ne le quitterai pas de sitôt !

Clément éclate de rire en sortant son portable.

— Compris, commandant !

Je sais à ce moment précis qu'une vraie amitié vient de naître. Pas celle de nos onze ans, pas celle qui ne tient qu'à cause d'un centre d'intérêt, mais celle de deux adultes qui commencent à savoir qui ils sont.

Définitivement, Clément a raison. Cette journée est vraiment à marquer d'une pierre blanche.

Surprise

Je retourne à l'hôtel en chantant presque. Je suis aux anges. Le poids de mes souffrances s'est envolé d'un coup. Comme si rien de tout ce que j'avais vécu de négatif n'avait d'importance, comme si je pouvais tout oublier et avoir de nouveau onze ans. Aucune contrainte, aucune responsabilité. Juste moi... et le monde.

Je souris. Je suis tellement bien que j'ai presque envie d'appeler Alex. Seulement, après la tournure qu'a prise notre dernière conversation téléphonique, ce serait une mauvaise idée. Je ne lui en veux pas, mais je connais mon mari. Si je lui laisse cette brèche, il oubliera tout en une fraction de seconde et ne réalisera jamais quel était le problème. Et j'ai besoin qu'il comprenne mon ressenti. Alors, je ne lui céderai pas.

Je fredonne en arpentant les rues qui mènent au vieux Montréal. Lorsque j'arrive devant l'hôtel, je suis surprise de découvrir une calèche devant. Je les ai toujours adorées ! Avec mes parents, nous passions notre temps à nous balader dedans. Mes meilleures années.

Je chasse le souvenir pour ne pas gâcher mon euphorie du moment. Je dépasse la voiture, et un des chevaux hennit à mon passage. Je m'arrête, le regarde et ai soudain très envie de le toucher. Il est tellement beau avec son pelage couleur nuit ! Je demande l'approbation silencieuse du cocher, qui me lance un clin d'œil complice. Je prends ça pour un « oui » et caresse l'animal. Il semble apprécier, car il ferme les paupières. Je suis ravie.

—Vous devriez monter, me propose soudain le conducteur, qui n'a pas arrêté de me fixer.

—Euh... non, merci ! Vous n'avez pas des clients qui attendent ?

—Aucun, répond-il d'un air affable. Et je sens que vous en avez très envie !

Il a raison. J'en rêve depuis ma dernière balade en calèche, le jour de mes dix ans. On y allait à presque chacun de mes anniversaires. On était heureux à l'époque. Même ma mère resplendissait de joie et de bonheur. Nous étions une famille... parfaite. Trop sans doute pour que le monde tolère notre existence. Je suppose qu'un certain niveau de peine doit être ressenti dans une vie. Et pas de chance si on n'a pas eu la dose minimum assez tôt ! Après, c'est l'hécatombe. J'en suis la preuve vivante.

Je secoue la tête en repoussant mes idées noires. La journée a été excellente, tout va bien. En y pensant, je pourrais même faire un tour en calèche, braver cet interdit que je me suis inconsciemment imposé depuis la mort de mon père. Passer outre, aller de l'avant, prouver que je ne vis pas dans le passé.

Seulement, je n'en ai pas la force. Le siège me tend pourtant les bras, mais je lâche le cheval et recule.

—Non, ça va aller.

Le cocher hausse les épaules, un peu déçu.

—Dommage.

Je fais demi-tour et continue jusqu'à l'entrée de l'hôtel. Je m'apprête à passer les portes vitrées lorsque je vois une silhouette familière dans leur reflet. Je me retourne et découvre un homme debout en face de la calèche, en costume, une énorme boîte de chocolats dans les mains. Il ne me faut pas plus d'une seconde pour reconnaître Alex. J'écarquille les yeux et ne réussis qu'à lâcher :

— Qu'est-ce que tu fiches là ?

Tous ceux autour de nous s'arrêtent une seconde. Je réalise que j'ai plus crié que parlé. Je m'excuse et baisse le regard pour me faire oublier. Les gens reprennent peu à peu leurs activités, tandis qu'Alex s'approche de moi.

Il est encore plus beau que d'habitude. Il porte un « vrai » costume, celui qu'il avait déniché *in extremis* pour le mariage d'un couple d'amis l'an dernier et ses cheveux sont tirés en arrière à la façon des espions qui peuplent mon imaginaire. Dans ce cas, ce serait un agent secret extrêmement sexy. Un James Bond 007 des temps modernes, métis de surcroît, qui vient de faire plus de cinq mille kilomètres pour me retrouver, moi. Une idée s'insinue alors dans mon esprit, même si elle ne ressemble en rien à mon mari : serait-il en train de renouveler nos vœux de mariage ?

Lorsqu'il est à moins d'un mètre de moi, je lui demande :

— Tu n'es pas en train de renouveler tes vœux parce que je t'ai raccroché au nez quand même ?

Encore une fois, mon ton est moins chaleureux que prévu. Je m'attends à ce qu'il explose. Et c'est ce qu'il fait. Mais de rire. Puis, il me tend la boîte de chocolats :

— J'ai pensé que ta sucrerie préférée te manquerait, poupée.

Je saisis le paquet. Des truffes de Bruges, pur chocolat noir. Il me connaît vraiment comme sa poche. Je le remercie rapidement et fais mine d'être toujours en colère :

— Et donc ? Tu fiches quoi ici ?

Il pointe l'index vers le véhicule derrière lui :

— Je ne suis là que pour t'offrir une balade.

— Tu ne renouvelles pas tes vœux, alors ?

— Non. Je les ai prononcés une fois, et ils sont valables pour toute notre vie. Je ne compte pas recommencer. Je te dois par contre des excuses pour cette histoire avec Julie. Les mots ont dépassé ma pensée. Pardonne-moi.

Ses paroles me rassurent. Son geste me fait dire aussi qu'il se souvient de la seule fois où je lui ai parlé de mon blocage avec les calèches. Là, je suis obligée de fondre. Cet homme pense vraiment à tout.

— D'accord. Je te pardonne. Va pour une balade.

Il sourit et m'accompagne dans le véhicule. Le cocher semble enchanté de me voir monter à bord. Je suppose qu'il savait ce qu'Alex préparait depuis le début. Il m'attendait, en fait. Je me rends alors compte du surréalisme de la situation. Mon mari est complètement et délicieusement fou !

— Tu as quitté Paris pour ça ? On s'est parlé il y a à peine vingt-quatre heures ! Et ton boulot ? Et le billet ? Tu n'en as pas eu pour trop cher ?

— Je me suis arrangé, poupée, me rassure Alex en s'installant près de moi. T'occupes pas des détails, assieds-toi et profite.

J'obéis et le véhicule démarre.

Pendant qu'on avance sur le sol pavé de la vieille ville, je ferme les yeux et me remémore mes souvenirs d'enfance. Je les rouvre ensuite et constate que rien n'a changé. Je n'avais aucune raison de me priver de cette balade. Il ne se passera rien d'horrible. Je souffle. Je suis rassurée.

— Alors ? me demande Alex en souriant.

Sous les lumières des alentours, il brille presque. On dirait un ange, *mon* ange.

Oh, ce que j'aime cet homme !

— Merci, mon chou, je lui réponds. Cette journée est...

Je ne trouve pas les mots, elle est parfaite. L'une des plus belles de ma vie. Une réalisation me frappe alors. Ce que je vis là est magique. Je suis heureuse, sans doute davantage que durant mon enfance. J'ai presque l'impression que le souvenir de ma dernière balade avec mon père s'estompe légèrement. Je devrais avoir peur, mais je me sens bien, incroyablement bien. C'est peut-être ça, avancer ?

— Elle n'est pas finie pourtant, la journée, se moque mon mari.

— Qu'est-ce que tu manigances encore ?

— Rien du tout ! proteste-t-il.

Je lui jette un regard qui indique clairement que je ne le crois pas et me penche pour me reposer sur son épaule. On reste dans les bras l'un de l'autre jusqu'au bout de la promenade.

Nous retournons ensuite à l'hôtel, d'où il commande un succulent repas au *room service*. C'était une chose que nous rêvions de faire depuis longtemps, sans jamais avoir osé à cause du coût. Homard, saumon, sauces, vin, tout y passe. La soirée s'écoule rapidement, riche de nos rires, plaisanteries, baisers, câlins. Elle est encore plus magique que la journée, comme si cela était possible ! Vient ensuite le moment où mon mari me fixe subitement avec sérieux. Au détour d'une blague sur les poissons rouges, ça ne peut qu'être important. J'arrête de rigoler et le regarde :

— Qu'y a-t-il ?

Aussitôt, il s'approche et m'embrasse fougueusement. Je réponds à son baiser — qui est bien trop court à mon goût —, avant qu'il ne se dégage, tout sourire. Je redemande, un peu perdue cette fois :

— Qu'est-ce qu'il y a, mon chou ?

— Tu ne voudrais pas qu'on passe enfin au dessert ? réplique-t-il, taquin.

Je comprends parfaitement son allusion — ses yeux coquins parlent tout seuls —, mais je prétends le contraire.

— Arrête de plaisanter ! Qu'y a-t-il ? J'avais l'impression que tu allais dire quelque chose d'important !

Il soupire de frustration.

— Ah, petite poupée fétiche, tu es bien trop mignonne pour ton propre bien...

Il me pince ensuite le nez, avant de reprendre plus sérieusement :

— En fait, j'ai quelque chose pour clore parfaitement cette petite soirée.

— Ah ! Enfin ! je m'exclame, ravie.

Je me doutais qu'il avait prévu une surprise. Même s'il a cherché à s'en cacher, je le connais comme ma poche également. Il fait d'ailleurs la moue face à ma perspicacité.

— Alors tu as deviné, c'est ça ?

Je rigole.

— Je suis ta femme, gros bêta, évidemment que j'ai deviné ! Ce que je ne sais pas, c'est ce que tu as prévu. Là, tu peux encore me surprendre !

Il soupire de nouveau.

— Bon, j'espère que là au moins j'arriverai à te faire taire, parlotte !

Il saute aussitôt sur le côté du lit. Son réflexe est bon, car, réagissant à sa pique, ma main s'abat sur une cible invisible la seconde d'après. Je lui tire alors la langue — ce qui l'amuse —, pendant qu'il retire avec précaution une petite enveloppe de la poche de sa veste. Il la pose ensuite près de moi, sans prendre le risque d'approcher davantage. Je pouffe et le traite de peureux, avant de saisir l'objet avec impatience. J'ai hâte de voir ce qu'il y a à l'intérieur, mais je l'ouvre avec précaution, de peur de déchirer l'enveloppe. N'ayant reçu que peu de présents, chaque emballage est pour moi un précieux souvenir. Celui-là le sera tout autant, voire plus.

Mon déballage minutieux fait sans accident malencontreux, je réussis à en extirper un petit papier cartonné de couleur rouge, sur lequel un message est inscrit en lettres capitales. Je lis:

« *Félicitations pour votre acceptation au stage d'écriture de...* »

Je ne prête pas attention au reste. Je crie! Un stage d'écriture! Comment... comment... comment a-t-il fait? Mes yeux écarquillés vont de mon mari à ce bout de papier qui a bien plus de valeur qu'il n'y paraît. Depuis la mort de mon père, j'ai rejeté ne serait-ce que l'idée de partager mes textes. J'en ai écrit quelques-uns, pour moi, pour m'amuser ou me libérer d'un poids par moments. Même Alex n'y a pas eu accès, alors comment... comment a-t-il pu obtenir une inscription? Je refuse de croire qu'il ait pu me lire en cachette...

—Comment as-tu fait? Je ne t'ai jamais rien montré! Comment...?

—Tu as écrit quelque chose pour ma sœur.

Je me souviens aussitôt. J'ai effectivement écrit un texte, que j'ai partagé avec elle. Elle adorait la lecture, elle en avait besoin. Nous étions seules ce jour-là, mais elle a très bien pu en parler à Alex ensuite. Tout s'explique.

— Elle te l'a lu, c'est ça ?

Il acquiesce.

— Elle a fait plus que ça, elle me l'a récité, Dana. Elle l'avait adoré à ce point-là ! À force de l'entendre, je le connaissais aussi par cœur... alors, je l'ai envoyé. Et il a été retenu. Alors, heureuse ?

Il ponctue sa dernière phrase d'un sourire comme lui seul en a la recette. Comment peut-il me demander ça ? La joie me transporte tellement que je ne sais plus quoi dire ! Il me donne une seconde chance, un espoir, l'oubli, la rédemption ! Sans attendre, je me jette dans ses bras en prononçant son nom et en pleurant toutes les larmes de mon corps. Pour une fois, j'en suis heureuse, je n'en ai pas honte. J'explose de joie, de bonheur, de confiance en l'avenir. Je crois maintenant les gens, lorsqu'ils disent qu'une bonne nouvelle ne vient jamais seule. J'espère que ça va durer, mais je sais en tout cas que cette journée est à marquer au stylo indélébile. Je ne risque pas de l'oublier. Je ne *dois* pas. Elle constitue la preuve que ma vie vaut la peine d'être vécue, qu'envers et contre tout, mon mariage représente l'une des meilleures choses qui me soit jamais arrivée. Et je vais me battre pour qu'Alex et moi respections nos vœux le plus longtemps possible. Je le promets.

7.

« *So I will walk through the fire,*
'Cause where else can I turn?
(And) I will walk through the fire,
and let it. . . »[7]

Walk through the fire, Once More With Feeling —

Buffy The Vampire Slayer

---

[7] « Je traverserai les flammes,
Quel autre choix ai-je ?
Je traverserai les flammes,
Je les laisserai... »

✢ L'antichambre

— C'est l'heure, Dana.

Tout me revient aussitôt. L'accident de voiture, Glimel, tout. J'ai de nouveau trente-deux ans et je me trouve dans l'espace favori de mon guide tortionnaire en costume trois-pièces sortant tout droit de chez le pressing. Je donnerais tout pour ne pas être là, mais ce n'est plus vraiment le moment. C'est la fin. J'ai surmonté toutes les épreuves, je peux retourner auprès des miens... si j'ai de la chance.

Je prends une grande inspiration et fixe Glimel. Il a l'air vieilli, fatigué, triste, comme si ma situation l'atteignait. Peut-être est-ce le cas ? Nous venons après tout de passer des mois ensemble, dans mes souvenirs. Il doit avoir l'impression de me connaître à présent, voire se sentir concerné par ce qui m'arrive. Sa mine déconfite m'aurait presque fait sourire, si je n'étais pas sur le point de recevoir une sentence de vie ou de mort.

— Un dernier point, ajoute Glimel. Qu'avez-vous décidé, concernant ce stage d'écriture ? Quelque chose me dit que les choses ne se sont pas finies aussi simplement.

La question me surprend. J'avais oublié qu'il me l'avait déjà posée quelques portes plus tôt. Le sujet est donc important. Moi qui avais pensé l'éviter...

— Eh bien, puisque vous avez l'air de vous douter de la réponse... La vérité, c'est que je n'y suis pas allée.

— Là vient la question importante : pourquoi ? Vous aviez toutes les cartes en main, cette fois.

—En effet, mais... j'avais peur de... de ne pas être à la hauteur, ou de découvrir que ce n'était pas ça, ma voie. Mon travail m'étouffait depuis des années, mais me lancer dans l'écriture et constater que je n'étais pas faite pour ça... ça aurait été pire que tout. Ça aurait été comme réaliser qu'il n'y avait rien pour moi, que le bonheur me resterait inaccessible.

—Vous avez Alex, pourtant. Ne fait-il pas partie intégrante de ce bonheur ?

Je soupire. J'ai honte de moi.

—Je le sais maintenant. Je... j'étais trop obnubilée par ce qui n'allait pas pour me souvenir que j'aurais toujours Alex. Je ne l'ai vraiment compris qu'après la Porte 4. Je sais maintenant que je n'ai rien à perdre en réalité. J'ai tout à gagner, justement.

Glimel m'offre son plus grand sourire.

—Je suis fier de vous, Dana. Vraiment. On y est arrivés.

Son visage se ferme ensuite et il ajoute, en roulant des yeux tristes :

—Prête pour la suite ?

J'acquiesce, même si je sais que je ne le serai jamais. Quand il faut y aller, il faut y aller. Seulement, j'ai encore une inquiétude :

—Où en est ma mère en ce moment ?

Il ouvre la bouche pour parler, puis la referme, l'air de chercher ses mots. Je me doute qu'il ne peut rien me révéler, voire qu'il n'est au courant de rien, mais je me devais d'essayer.

—Je me doutais que vous ne diriez rien, j'ajoute en détournant le regard. Ce n'est pas grave. Merci quand même.

—Dana, je...

Il s'arrête, reprend :

— Je suis réellement aussi ignorant que vous sur le sujet, et même si ce n'était pas le cas, je ne pourrais rien vous dire. Je suis désolé, vraiment. Je ne suis pas indifférent à ce qui vous arrive, il faut me croire.

Il m'a pris la main au milieu de sa tirade. Je lève les yeux vers lui et comprends. Il est réellement tiraillé. Je ne devrais pas le pousser davantage. Je me permets toutefois une dernière question :

— Savez-vous seulement ce qui lui est arrivé ?

Il secoue la tête.

— Merci.

Cette fois, je lui souris. Enfin, j'essaie. Je force tellement que je dois donner l'impression d'avoir un chat coincé dans la gorge. Cela dit, ça a l'air de lui plaire, car il me répond de la même manière. Il me serre ensuite la main et se tourne vers l'Arcane de la vie, la porte que je rêve de franchir depuis des mois :

— Vous verrez, elle s'ouvrira.

— Je l'espère...

Et nous attendons, les doigts tellement croisés que je sens ma circulation se couper.

Paris

Hôpital (9 h 59)

Alex.

Je ne sais pas quoi faire. Non, c'est pire que ça, je suis terrifié à l'idée de prendre une décision. À tel point que je n'ose regarder Dana que depuis l'extérieur de sa chambre d'hôpital. Le médecin en face de moi a beau me parler, je ne l'entends pas vraiment. J'assimile ses propos à des bourdonnements de mouche ou d'abeille, en moins dérangeants, plus apaisants, plus berçants. Il n'y a que Dana qui compte, couchée, là, entourée de tous ces bips qui s'alarment dans tous les sens. Il faut que je fasse quelque chose.

— Monsieur, vous devez vous décider rapidement...

Une nouvelle parole intelligible du chirurgien. Il m'a déjà expliqué à plusieurs reprises que cette césarienne à presque huit mois de grossesse était la meilleure chose à faire, qu'ils risquaient de perdre le bébé s'ils n'agissaient pas rapidement. Mais comment puis-je me résoudre à peut-être laisser ma femme s'en aller ? J'aime cet enfant, *mon* enfant, mais Dana est... tout. Elle est un prolongement de mon existence. Sans elle, je serais incapable de continuer. Pas après la disparition de ma sœur.

Désemparé, je ne peux m'empêcher de me gratter la tête. Geste stupide dans ce moment critique, mais étrangement rassurant. J'ai l'impression de reprendre peu à peu le contrôle, qu'il ne me faudra que quelques secondes supplémentaires pour savoir quoi faire.

— Et ma femme ? Que va-t-il lui arriver si vous intervenez maintenant ?

— Impossible de le dire avec certitude, Monsieur, explique le médecin. Elle est dans le coma depuis si longtemps...

Je traduis. En gros, elle risque fort de mourir. Je me gratte de nouveau. Je me suis laissé pousser les cheveux depuis mon « installation » à l'hôpital près de cinq mois plus tôt. Mon afro a déjà atteint des proportions désespérantes. Je n'aime pas ça, mais Dana adore jouer avec. Peut-être qu'ainsi, elle se réveillera plus vite ? C'est stupide comme logique, mais tous les espoirs sont bons à prendre.

Je refoule une nouvelle arrivée de larmes. Je n'ai fait que ça depuis que je suis ici. À tel point que je me dégoûte, parfois. Je suis pathétique, lamentable, faible. Il faut pourtant que je sois fort pour Dana, pour la soutenir aussi bien dans son coma qu'à son réveil. Je dois croire en elle. Elle reviendra parmi nous, ne m'abandonnera pas. Elle a encore des réprimandes à me faire pour avoir été un idiot lorsqu'elle m'a annoncé sa grossesse. Je m'en veux tellement ! J'avais eu peur de la suite, de la réalité de la situation. J'avais soudain compris que le destin pouvait m'arracher ma future famille un jour, aussi cruellement qu'il m'avait pris ma petite sœur. Ironiquement, me voilà face à cette situation tant redoutée, bien avant que mon enfant ne soit né.

J'inspire un grand coup. Il faut garder la foi. Dana se réveillera, pour nous, pour notre nouvelle famille. Et elle me grondera, m'en voudra, je m'excuserai des heures durant, elle me pardonnera, et je serai alors l'homme le plus heureux de la Terre.

— Sauvez-les, je lâche enfin. Faites l'opération. Sauvez mon bébé, mais n'abandonnez pas ma femme, je vous en prie. Même si elle doit rester dans le coma, je... ne la laissez pas mourir.

Le chirurgien acquiesce et se rue dans la chambre de Dana. Je détourne les yeux pour essayer de respirer. Je commence à manquer d'air.

✣ L'antichambre

Glimel et moi attendons depuis ce qui nous semble être une éternité. Il ne se passe rien. C'en est presque oppressant. Le silence, encore plus. Il n'ose pas parler, et moi non plus. Je me répète qu'il va sûrement se dérouler quelque chose dans la minute qui suit, lui aussi certainement. Pourtant, il a plus d'expérience que moi pour ce genre de situation. Il devrait savoir ce que l'avenir nous réserve. Je serre un peu plus sa main pour lui faire comprendre que j'attends un signe. Un truc. N'importe quoi. En retour, il me jette un coup d'œil qui a sans doute pour but de me rassurer. Au bout de plusieurs minutes d'attente supplémentaires, il se sent obligé de préciser :

— Ça peut être long.

Voilà qui m'aide énormément !

Quoi qu'il en soit, j'attends, tout en résistant à l'envie d'aller écouter Alex au puits. Ce n'est pourtant pas le moment, je dois me focaliser sur la suite, notre avenir, justement.

Je prends une grande inspiration et ferme les paupières pour me donner du courage.

Ça va aller... Elle va s'ouvrir, là, maintenant...

Je regarde. Rien. Je soupire.

OK, maintenant !

Toujours rien. Je referme les yeux et souffle de nouveau.

Euh... Maintenant ?

Un bruit sourd me répond, celui d'une grande porte qui s'entrebâille. Je devrais avoir peur, mais je bondis littéralement sur place. De joie. Je souris malgré moi, je ris, même. Enfin ! Je vais pouvoir rentrer chez moi. Mon Dieu, que j'ai attendu ce moment ! Enfin, Alex, mon bébé, maman !

J'ouvre alors les yeux. Mais je ne vois rien. L'Arcane est toujours fermée. J'essaie de parler, mais aucun son ne sort de ma bouche. Je suis hébétée, sans voix. Comment est-ce possible ? Je regarde Glimel, qui est plus choqué que surpris. Je mets trois secondes de trop à comprendre pourquoi. Si cette porte est close, alors l'autre est sans doute...

Je fais volte-face... et mon cœur s'arrête de battre.

Paris

Hôpital (11 h 5)

Alex.

—Alex !

Je me retourne en entendant mon prénom. Je tombe nez à nez avec mes parents, qui se sont sûrement donné le mot pour me rendre visite « ensemble ». Ils ont toujours fait beaucoup d'efforts pour que leur séparation n'affecte pas leurs enfants, quitte à jouer la comédie à longueur de temps. Bien sûr, j'ai grandi depuis, mais les vieilles habitudes ont la vie dure.

Je me lève difficilement. Je suis resté à genoux dans cette chapelle pendant tellement longtemps que j'ai mal partout. Je les enlace à tour de rôle, avant de les étudier rapidement du regard.

Grand, noir, naturellement engageant, mon père affiche constamment un air affable que tout le monde lui envie. On se sent tout de suite en confiance en sa présence. Ma mère, quant à elle, est très discrète et d'apparence froide avec ses sourcils froncés, sa chevelure raide, ses lèvres fines et ses traits lisses. Des fois, je me demande comment deux êtres aussi différents ont pu se marier.

Mon père me sort de ma réflexion ô combien inutile :

—*How is she, son?*

(Comment va-t-elle, fils ?)

—*Well...*

(En fait...)

Je leur raconte en quelques mots les événements récents. Ils écarquillent les yeux en comprenant que leur belle-fille est au bloc opératoire. Ma mère — une croyante invétérée — accompagne ma révélation d'une prière rapide qu'elle adresse au Ciel. Je la remercie, acceptant tout soutien pouvant m'aider à retrouver Dana.

Mon père reprend ensuite :

—*What about you? How have you been since our last visit?*

(Et toi, comment vas-tu depuis la dernière fois ?)

Je ne sais pas quoi répondre. Mes parents sont passés me voir aussi souvent que possible, compte tenu du fait qu'aucun d'eux n'habite à Paris, et qui plus est, séparément. Ils ont chacun refait leur vie et ont des obligations envers leur nouvelle famille. J'apprécie donc réellement leurs efforts, ainsi que chacune de leur visite, mais je redoute à chaque fois cette question. Comment y répondre sans mentir ?

—Alex !

Sauvé par le gong. Je me redresse et vois la tante paternelle de Dana — dont le prénom m'échappe totalement —, nous rejoindre dans la pièce. Je la salue en faisant attention à ne pas avoir à dire son nom.

—Que se passe-t-il ? s'inquiète-t-elle. Je suis arrivée et Dana... elle n'est plus dans sa chambre !

C'est seulement là qu'elle remarque mes parents, qu'elle n'avait encore jamais rencontrés. Le mariage s'étant déroulé en très petit comité et sans planification, elle n'y avait pas assisté. Le fait que nos deux familles ne vivent pas dans le même pays n'a pas aidé non plus. Je décide donc de remédier rapidement à cet écart :

—Je vous présente mes parents, Bill et Lindsay. Ils sont anglophones.

—Oh, fait la tante de Dana, surprise.

Elle se présente alors et les salue en anglais, puis coupe court à la conversation en se tournant vers moi. Elle attend clairement sa réponse.

Je prends une grande inspiration avant de la lui donner :

—Ils... ils l'ont emmenée au bloc pour une césarienne.

Elle porte la main à sa bouche, horrifiée, tandis que ses yeux s'embuent de larmes. Je la comprends parfaitement. Elle a déjà perdu son frère, après tout. Ensuite, il y a eu le coma de Dana, qui a précédé celui de sa mère. Pourquoi ? Un accident idiot.

La mère de Dana était allée chercher sa belle-sœur à l'aéroport. Sur le chemin du retour, alors que les deux femmes portaient une valise, elle avait fait un faux pas et était tombée dans les escaliers, s'était cognée la tête et avait récolté un traumatisme crânien. L'opération s'est bien passée, mais elle ne s'est pas réveillée depuis, tout simplement. Les médecins pensent que la situation de sa fille ne l'aide pas. Selon eux, elle n'a psychologiquement aucune raison de revenir à elle. Ils l'ont installée dans cet hôpital pour qu'elles soient proches l'une de l'autre, mais qui sait ce que l'avenir nous réserve ?

Une douleur me vrille soudain le crâne. Deux membres d'une même famille dans le coma — dont une en pleine césarienne —, ça commence sérieusement à faire beaucoup. Je me masse les tempes, puis prends la tante de Dana dans mes bras pour qu'elle laisse libre cours à ses pleurs. Comment est-ce qu'on survit à tout ça ?

Étrangement, c'est à ce moment que je réalise que j'ai entendu le fameux prénom lors des présentations. Annah. La vie est vraiment capricieuse quand elle veut. J'espère sincèrement qu'elle sera un peu plus juste aujourd'hui.

✲ L'antichambre

Je n'arrive pas à croire ce que je vois. L'Arcane de la mort s'est ouverte. C'est un canular, une très mauvaise plaisanterie. Je repasse toute l'épreuve dans ma tête, et je me dis que Quiconque est au-dessus de tout ça doit se moquer de moi, ce n'est pas possible autrement. En un instant, mon esprit se vide. Je perds le contrôle, je deviens... rouge de rage.

—Est-ce que c'est une BLAGUE ? je hurle de toutes mes forces.

Glimel n'ose pas bouger, encore moins me répondre. Il n'a pas lâché ma main non plus. Je ne sais ni quand ni comment, mais j'arrive à me dégager et lui frappe violemment le torse.

—C'est quoi ce BORDEL ? Je VEUX voir mon mari, je VEUX voir mon enfant ! Je VEUX VIVRE ! Vivre, vous m'entendez ? Pourquoi m'avoir fait revivre tout ça si c'est pour me laisser mourir, HEIN ? C'est une sorte de jeu télévisé mal foutu où je suis censée péter un câble à la fin pour faire de l'audimat ? Parce que si c'est le cas, croyez-moi, c'est très très très réussi !

—Dana...

Je ne l'écoute pas. Je suis trop en colère.

—Non, non, NON ! Pas de « Dana », entre nous ! Vous ne me connaissez pas, vous n'êtes pas mon ami !

Je déverse ma rage sur Glimel, qui, impuissant, l'encaisse jusqu'au bout. Ensuite, j'éclate en sanglots. Encore une fois. Je me dis alors que cette antichambre aura eu raison de mon stock de larmes. Elle aura même eu raison de moi, finalement.

Ça y est. Après toutes ces épreuves, plus de Dana. Je vais devoir abandonner mon mari et mon bébé. D'ailleurs, naîtra-t-il ? J'espère vraiment que oui. Il ou elle sera ma seule trace dans ce monde. Après tout, je ne sais même pas si ma mère survivra. Ma famille aura volé en éclats de façon dramatique. Nous sommes maudits.

—Alex... je murmure en sanglotant. Je l'aime tellement, tellement, je dois vivre pour lui...

Mon sort a beau avoir déjà été décidé, je ne peux m'empêcher de prier pour le rejoindre, d'espérer qu'en rouvrant les yeux, je serais en face de lui, à le taquiner et à passer la main dans ses magnifiques cheveux crépus. Je suppose que cela me sera refusé, mais peut-être puis-je demander une toute dernière faveur ?

Je me redresse et fixe Glimel. Il fronce les sourcils :

—Quoi ?

—Je veux le voir. Une dernière fois.

—Je ne crois pas que...

—S'il vous plaît ! C'est forcément possible, vu que le puits permet déjà de l'entendre. Peu importe s'il n'a pas conscience de ma présence ! J'ai juste besoin de le revoir, c'est tout !

Glimel soupire et fait apparaître son registre favori. Il le consulte un instant, avant de lâcher :

—Eh bien, de façon exceptionnelle, je... peux vous autoriser à observer ce qui se passe autour de votre corps.

—Alors, allons-y.

—Par contre, vous ne verrez sans doute pas votre mari, je... je suis désolé.

Je lève un sourcil.

—Pourquoi ça ?

—Vous êtes... actuellement en salle d'opération. En pleine césarienne.

La nouvelle m'effraie et m'enlève en même temps un poids de la poitrine. Je réalise que ma fin est proche, mais que mon bébé va peut-être vivre.

—J'ai le droit de savoir si mon enfant va survivre ?

—Bien sûr, dès qu'ils en auront fini.

—Je vois.

Et je reste silencieuse. Je suis consciente de devoir passer l'Arcane de la mort, mais je retarde le moment. Je ne veux *vraiment pas* mourir.

Au-delà de la porte s'étend une plage de néant qui empêche de deviner ce qui s'y trouve. Je ne suis pas curieuse pour un sou, je souhaite retourner chez les vivants. Voir ce qui se cache dans la boîte de Pandore, très peu pour moi. Je laisse ça aux idiots qui oublient qu'ils ont une famille.

Glimel pose une main sur mon épaule.

—Vous voulez attendre avant d'y aller ?

—Je n'ai aucune envie d'y aller, surtout. Et puis, je ne me sens pas attirée comme la première fois. Tant que j'ai le choix...

—Je comprends. Pour l'instant, vous êtes toujours en vie, alors c'est normal que vous ne sentiez rien. Prenez tout le temps nécessaire, je me doute que c'est dur.

—Excusez-moi si je suis brutale, mais... je crois que vous ne vous doutez de rien du tout.

Glimel paraît blessé, mais ne répond pas. Je suis peut-être allée trop loin. Après tout, je ne le connais pas du tout. Je m'excuse immédiatement. Il chasse ma tentative d'un geste et me fait comprendre que ce n'est rien. Je me dis alors que ce ne doit pas être facile pour les guides de s'attacher à des personnes, puis de les voir disparaître, que ce soit dans la vie ou dans la mort. Tout d'un coup, je m'en veux. Glimel n'est coupable de rien. Il n'est que le messager, il subit la situation tout comme moi, il n'a aucune raison d'endurer ma colère et ma frustration.

Je me rapproche donc et, sans lui demander son avis, le prends dans mes bras. Il est surpris et sans voix. Je reste ainsi un long moment, avant de relâcher mon étreinte :

— Je suis vraiment désolée, Glimel. Ça ne doit pas être évident pour toi non plus.

Je ne sais pas si c'est le fait de l'avoir tutoyé ou de m'être excusée, mais mon guide a les larmes aux yeux. Il les essuie d'une main et ses lèvres s'étirent de soulagement :

— Et toi, Dana, tu es une humaine que je n'oublierai pas de sitôt !

Ses paroles me réconfortent et j'arrive enfin à sourire, pour de vrai.

C'est alors qu'un autre bruit sourd nous fait sursauter tous les deux. Nos sourcils se froncent et nous regardons simultanément l'Arcane de la mort. Toujours béante.

Perplexes, nous faisons volte-face. Et là... surprise !

J'écarquille tellement les yeux que, pendant une seconde, j'ai l'air d'un personnage de manga. L'Arcane de la vie s'est également ouverte !

— Qu... quoi ?

Glimel est aussi interloqué que moi. Il bredouille.

— Je... attendez. C'est... attendez !

Il fait réapparaître son registre magique et le feuillette comme un fou. Il est tellement accaparé par sa lecture que des gouttes de sueur perlent sur son front, son visage reste crispé et ses sourcils, froncés. Son cerveau — ou peu importe ce qui lui sert de matière grise — a l'air de tourner à plein régime.

Pendant de longues minutes, je me ronge les ongles pour me détendre, même s'ils sont virtuels, ou devrais-je dire, irréels. Heureusement, mon supplice ne dure pas trop longtemps. Mon guide finit par lever les yeux vers moi :

— Je... crois que je sais ce qui se passe.

Et il me fixe. Sans rien dire. Comme s'il avait pris une balle en pleine tête au milieu de sa phrase. Il se fiche de moi, ou quoi ? On n'a pas idée de s'arrêter après un suspense pareil ! Je joue ma vie, quand même !

— Euh... la suite, peut-être ?

— Pardon ! s'exclame-t-il en revenant à lui. En fait, il arriverait, de temps en temps, très très rarement pour être précis, que les deux portes s'ouvrent, l'une après l'autre. Les raisons pour lesquelles cela se produit sont floues. Dans ces cas, le choix revient à la personne concernée.

Le choix me revient ! La joie m'envahit toute entière. Évidemment que je veux vivre ! Je danse. La *macarena*, le tango, les claquettes, le *kpaklo*, le *décalé-coupé*... tout ce qui nécessite deux jambes et dont mon cerveau a connaissance !

Glimel perçoit le bonheur qui irradie de mon être et se voit obligé de préciser :

— Il y a un hic, cependant. Il est dit que le choix en question aura des conséquences, différentes selon les individus.

J'arrête de me déhancher dans la seconde.

— Quels genres de conséquences ?

— Du genre de la mort d'un proche si vous choisissez la vie, ou la survie d'un autre si vous choisissez la mort.

Là, je ne bouge définitivement plus. Je suis même aussi immobile qu'une statue. Je me suis à peine remise de mon premier choc qu'il m'en met un second dans la figure. Maintenant, il ne faut plus seulement que je meure, mais que je choisisse ? Qu'ils aillent tous se faire voir !

Je bouillonne à l'intérieur, je fulmine, j'ai des envies de meurtres !

Captant immédiatement ma colère, Glimel précise :

— Calmez-vous... je vais bientôt recevoir les instructions. Ça ne devrait plus... Oh !

Il consulte de nouveau son registre, puis me regarde, hébété :

— Votre bébé...

— Quoi, mon bébé ?

— Si vous choisissez l'Arcane de la vie, il mourra aujourd'hui même. Si vous choisissez celle de la mort — celle qui vous était destinée au départ —, il vivra, mais vous périrez à sa place.

La nouvelle me transperce, mais je reste étonnamment calme. Mon enfant ne mourra pas, c'est hors de question. Ça a beau être injuste pour Alex, je n'ai pas le choix. Je ne pourrais jamais vivre en sachant que je l'ai sacrifié.

— Ce sera... immédiat ? Je veux dire : si je choisis mon enfant, je mourrai tout de suite, je suppose ?

— Normalement, je vous aurais répondu par l'affirmative, mais dans le cas des choix... il est impossible de savoir exactement quand vous mourrez. Cela peut être immédiat ou relativement long. En gros, vous vivrez un certain temps et, un jour, votre vie sera prise à la place de la sienne. Cela peut être dans une seconde, un mois, deux mois, cinq ans ou même dix ans. Nous n'avons malheureusement pas le luxe de la précision...

Je le remercie du regard, le prends une dernière fois dans mes bras et lui fais mes adieux. Il retient ses larmes en comprenant mon choix.

J'assemble tout mon courage, inspire profondément et avance vers mon destin.

8.

« Lord make me a rainbow,
I'll shine down on my mother
She'll know I'm safe with you when she stands
under my colors, oh,
And life ain't always what you think it ought
to be, no
Ain't even grey, but she buries her baby
The sharp knife of a short life, oh well,
I've had just enough time »[8]

The Band Perry — If I die young

---

[8] « Seigneur, transforme-moi en arc-en-ciel,
Que je déploie mes couleurs au-dessus de ma mère,
... elle saura ainsi que je suis en sécurité et à Tes côtés,
La vie n'est pas toujours ce qu'on attend d'elle,
Il fait beau, et pourtant cette mère enterre son enfant,
Oh comme une vie écourtée peut être douloureuse,
Et pourtant, je pense avoir assez vécu... »

Paris

Hôpital (14 h)

Alex.

Pour la première fois depuis des mois, j'ai le sourire. Mes parents et la tante de Dana essaient de partager ma joie, mais je ne suis pas coopératif. Après une attente interminable et une inquiétude à s'en ronger les sangs, j'ai enfin pu prendre mon bébé dans mes bras.

Une fille, *ma fille.* Je ne compte pas la lâcher de sitôt, au désespoir de sa grande tante et de ses grands-parents — qui ont fini par comprendre qu'il valait mieux attendre leur tour.

Je suis émerveillé par tant de beauté, de perfection. Malgré le chaos qui règne dans la famille, ce petit bout de chou est en parfaite santé. C'est un prodige de la vie, une force de la nature. J'ai voulu la baptiser, mais j'ai eu peur que Dana désapprouve, alors je l'ai fait silencieusement en espérant qu'elle acquiesce à son réveil. Je l'ai intérieurement appelée *Miracle.* Il s'agit après tout de ma miraculée, mon trésor. Je n'imagine plus ma vie sans elle. Et je ne peux que souhaiter que Dana pensera comme moi. Qu'elle se réveillera pour rejoindre notre petite bulle de bonheur.

En la regardant toutefois, une barre d'inquiétude naît sur mon front. Elle est toujours dans le coma. Les médecins ont annoncé qu'il y avait eu quelques complications pendant l'opération. Elle a perdu beaucoup de sang, mais ils ont tout de même réussi à la stabiliser. Elle est donc de retour dans son profond sommeil. Avec un peu de chance, elle se réveillera bientôt pour rencontrer sa fille. J'y crois. Elle n'a pas survécu jusque-là pour nous abandonner maintenant.

Quand je conçois enfin de me séparer de mon bébé, je propose à Annah de la poser sur Dana en premier lieu, ce qu'elle accepte « presque » sans rechigner. J'installe donc notre enfant et, sans m'éloigner, serre la main de ma femme. Je ne veux rien rater de ce moment. Elles sont parfaites ensemble.

Lieu inconnu

Lorsque je traverse la porte, une lumière blanche m'envahit tout entière.

Au début, il ne se passe rien. Puis, je suis brusquement percluse de douleurs, comme si j'avais sauté d'un immeuble de cinquante étages — non pas que je sache ce qu'on est censé ressentir — ou si j'avais été percutée par un camion, ce dont mon corps se souvient alors amèrement. L'intensité de cette souffrance me cloue au sol. Je n'arrive plus à bouger, seulement à sangloter. Est-ce ça, la mort ? Suis-je décédée au bout d'une simple seconde ? J'espérais vraiment revoir mon mari avant, lui dire bonjour, au revoir, glisser un « je t'aime » entre les deux. Le sort est réellement cruel.

Je reste ainsi plusieurs minutes, peut-être même des heures, je ne saurais dire. Au bout d'un moment, ma souffrance est telle que je ne sens plus rien. J'ai l'impression d'être sous anesthésie, emprisonnée dans un cocon qui m'empêche de ressentir quoi que ce soit, à part des muscles endoloris et une bouche affreusement pâteuse. L'odeur, également, est horrible. Le reste ne change pas. Tout est toujours aussi blanc et sans horizon autour de moi. Je déteste être là, mais je dois assumer mon choix. J'ai choisi mon bébé, je dois le supporter.

Puis tout devient encore plus éclatant, aveuglant presque. Je ferme les paupières pour les protéger. Réflexe stupide pourtant, vu la situation. J'entends alors des murmures. Lointains. Je ne les comprends pas. Je bats des cils. La lumière éblouissante s'estompe peu à peu et, dans le flou, je distingue

une paire d'yeux, marron, grands, qui me fixent. Un bébé...
Mon bébé ? Ai-je survécu... pour l'instant ?

J'aimerais dire quelque chose, mais je n'y parviens pas. Ma
bouche est engourdie, comme insensibilisée. À défaut de parler,
des larmes m'échappent. Mon enfant est en vie, il ou elle me
regarde en ce moment même.

Tout d'un coup, les murmures deviennent intelligibles.
J'entends même une voix :

— Elle... elle pleure !

Je distingue peu à peu d'autres choses. Un visage qui
s'approche du mien... Il est flou, mais je le reconnais tout de
suite à cause de sa si belle couleur caramel.

Alex !

Paris

Hôpital (19 h 39)

— Dana ? Dana ? Tu m'entends ?

Sa voix. Je l'entends parfaitement, mais je suis incapable de lui répondre. Je perçois des bruits de pas pressés, quelqu'un se rue à l'extérieur. Le chaos qui suit est indescriptible. La pièce est envahie. Infirmières. Médecins. Lumières. Sons. Interrogations. Tests.

Tout s'enchaîne à une vitesse incroyable. Je ne comprends rien au début, ne distingue pas grand-chose. Tout défile beaucoup trop vite. On débranche des appareils, m'enlève des tubes, me pose des questions, me demande de bouger les pupilles. J'obéis. J'essaie, en tout cas. Jusqu'à ce que je réalise que je suis parfaitement immobile. Une statue. Mon corps n'est que plomb. Aucun son ne sort de ma bouche, aucun de mes muscles n'est de service. J'ai peur, j'étouffe. Pourtant, je *sens* que je suis là, que je vais bien. Que m'arrive-t-il ? Suis-je devenue une sorte de légume ?

L'infirmière essaie de me rassurer en voyant mes pupilles s'affoler. Le médecin, lui, se focalise surtout sur ma famille paniquée, leur explique qu'il n'y a aucune raison d'avoir peur, que je n'ai aucune séquelle de mon accident, aucune lésion au cerveau des suites de mon opération. Il ajoute que je devrais récupérer peu à peu après quelques mois de rééducation, que mon incapacité à bouger résulte de ma longue période de coma. Mes muscles se sont tout simplement atrophiés. Pour ma voix, il précise que vu qu'ils n'avaient rien détecté d'anormal, je devrais reparler bientôt, le temps de m'adapter à mon nouvel environnement — le vivant, le mouvement, le bruit.

Je voudrais bien le croire, mais j'y ai beaucoup de mal, avec mes membres qui restent aussi solides que du béton coulé dans du goudron. J'ai envie de lui hurler de me dire la vérité, d'oser me dire en face que je vais finir dans un fauteuil roulant, mais, évidemment, je ne peux pas.

Une larme glisse sur ma joue. Alex remarque ma détresse et s'approche pour me rassurer. Il est conscient que je suis là, quelque part. Au-delà de ces pupilles qui s'agitent, il sait que je suis coincée dans ce corps de plomb. Il sait... il sait...

D'autres larmes m'échappent, incontrôlables, silencieuses. J'aimerais tellement être ailleurs ! Être debout, capable de parler, de prendre mon mari dans mes bras, revoir ma mère avant qu'il ne soit trop tard ! Au lieu de ça, je suis coincée dans mon propre corps !

Alex me console comme il le peut, me susurre des mots doux, m'assure qu'il m'assistera autant que possible. Je sens l'émotion dans sa voix. Il semble déjà tellement heureux de mon retour parmi eux que mon handicap me paraît tout à coup secondaire. Après tout, peut-être que je ne me focalise que sur le négatif ? Il m'attend depuis si longtemps, ce doit être un rêve éveillé pour lui...

—Je vais m'occuper de toi, Dana, tu m'entends ? Quelle que soit la suite, je serai là, OK ?

Je comprends ce que ses propos impliquent : même si je deviens une charge, un légume, plus comme avant. J'ai envie de pleurer davantage, de disparaître, mais je lutte contre ce besoin destructeur. Mes yeux sont embués au point où je ne distingue plus rien, mais je les cligne pour lui dire que j'ai compris. Ses lèvres s'étirent de soulagement. Pour la première fois depuis que je me suis réveillée, je vois un sourire. Le sien. Et ça me remplit de joie. J'en oublie presque toutes les épreuves qui m'attendent et mon handicap – qui je l'espère de tout mon cœur, sera temporaire. On aurait dû commencer par là.

Le médecin se rapproche pour essayer de rassurer de nouveau Alex. Il réexplique le même charabia que précédemment, comme quoi mon cerveau est intact, que j'ai eu une chance inouïe de n'avoir aucune lésion suite à l'accident, qu'il n'y a pas de raison de s'inquiéter *a priori*.

Moi, je pense que, quand on ne peut pas faire une phrase sans préciser « a priori », c'est qu'on ne sait pas de quoi on parle.

Lorsqu'il termine ses explications, je vois aux sourcils froncés de mon mari qu'il est aussi sceptique que moi. Il aimerait y croire, mais ce docteur — je regarde sa blouse à la recherche de son nom : Grossetête ! *Non mais, sérieux ? Même l'accent sur le « e » y est ?* — ne le rassure pas plus que moi.

Quoi qu'il en soit, Alex lui demande la marche à suivre pour la suite. Grossetête lui explique que plusieurs médecins et infirmières viendront m'ausculter dans les prochains jours. Lorsqu'Alex lève un sourcil, il précise que ce ne sont que des vérifications de routine. Il ajoute qu'ensuite, des spécialistes de la rééducation et des masseurs passeront me voir à tour de rôle, davantage que durant mon coma. Il continue, mais je perds ma concentration en réalisant l'énergie qui a dû être dépensée pour me maintenir en vie. Tant de gens se sont pliés en quatre pour moi ! Et Alex a sûrement dû mettre son existence entre parenthèses, arrêter de travailler, utiliser toutes nos économies ! Comment va-t-on s'en sortir après ça ?

Je me rends alors compte que ma réflexion est stupide. Compliquée ou non, la situation l'imposait. J'aurais fait pareil à sa place.

Lorsque je me focalise de nouveau sur notre cher chirurgien Grossetête, il souhaite bon courage à Alex et quitte la pièce. Les infirmières activent plusieurs machines et vérifient certaines données avant de partir à leur tour.

Nous sommes seuls... et je sens que la nuit va être longue.

Paris

Hôpital (23 h 39)

Ma tante et mes beaux-parents me regardent enfin. Ils ont cet air, celui de ceux qui sont perdus, qui ne savent pas quoi dire ou quoi faire. Je pense que c'est exactement ce qui se passe. Ils ont certainement attendu ce moment depuis longtemps et, à présent que je suis là, ils découvrent une momie, incapable de leur signifier à quel point elle est heureuse de les avoir retrouvés. Je saigne à l'intérieur.

Ils s'approchent à petits pas, m'embrassent à tour de rôle en essayant de retenir leurs larmes — mais ils ont beaucoup de mal.

Après une longue minute de silence, ils proposent de nous laisser seuls, de me donner un peu d'espace pour ma première nuit. Alex accepte, évidemment. Je pense même qu'il attendait ça avec impatience.

Dès qu'ils quittent la pièce, il prend notre fille dans ses bras et souffle bruyamment. J'ai l'impression de l'entendre respirer pour la première fois depuis mon réveil. Il s'explique aussitôt :

—Je suis toujours heureux de voir de la famille, mais... je suis épuisé. La journée a été éprouvante. Et je t'ai enfin retrouvée...

Il s'approche... et pose un baiser sur mes lèvres. La sensation — douce et chaude à la fois — brise quelque chose en moi, ravive mon cœur qui se met à battre plus vite. Je me sens bien, heureuse, et j'ai envie de partager ce sentiment, même si je ne peux pas parler. J'essaie tout de même. Seul un son étrange s'échappe de ma bouche. Alex m'arrête sur-le-champ :

— Ne force pas, poupée. Ça viendra. Peut-être après une bonne nuit de sommeil ?

J'aimerais secouer la tête pour lui dire que je ne veux surtout pas m'assoupir. J'ai peur de ne plus me réveiller. Je ne dois pas me rendormir. Surtout pas...

— Tu veux que je te raconte une histoire pour t'aider à t'endormir ? demande-t-il en s'installant près de mon lit avec notre bébé.

J'aimerais tellement la toucher ! Je refrène toutefois mon envie et bats deux fois des paupières, espérant lui signaler ainsi que je souhaite rester éveillée.

— Deux fois pour non, une fois pour oui, c'est ça ?

Je cligne une fois.

— Tu ne veux pas dormir ?

Je lui fais comprendre que non.

— Pourquoi ?

Je m'esclaffe. Comme si je pouvais répondre ! Juste que ce qui sort de ma gorge est un son tout ce qu'il y a de plus bizarre, une sorte de grognement.

Alex a sûrement le même raisonnement que moi, vu qu'il rit à son tour.

— Évidemment, tu ne peux pas parler. OK, je vais te raconter des trucs sur ces derniers mois. Ça te va ?

À vrai dire, non. J'ai envie de prendre ma fille dans mes bras — ce que je suis évidemment incapable de faire pour l'instant — et j'aimerais également connaître la position et l'état de ma mère. Les paroles de Glimel résonnent encore dans mon esprit. Si je dois mourir bientôt, il faut que je sache où elle se trouve, que je lui parle avant qu'il ne soit trop tard. Elle m'entendra peut-être grâce au puits. Seulement, avec mes cordes vocales — ou mon cerveau — qui ont du mal à se remettre sur les rails, ça risque d'être un peu compliqué.

Dans l'immédiat, je ne peux donc rien faire de tout ça. Ça me frustre, me ronge. Je dois abandonner ma mère à son sort, en espérant que je ne meure pas entre-temps. Mais peut-être que je peux prendre ma fille en attendant ? Du moins, faire comme si ?

Alex doit lire dans mes pensées, car avant que je ne réfléchisse à la façon de lui faire comprendre mon souhait, il se lève et pose *notre* enfant sur ma poitrine, de façon à ce que j'entende parfaitement les battements de son cœur.

Comme je l'aime, cet homme !

Il se rassied ensuite et, toujours dans son élan télépathe, me raconte par petits bouts ce qui est arrivé à ma mère.

La stupidité de son accident me met en colère, mais j'essaie de rester positive. Elle n'est pas dans le coma depuis longtemps et n'a *a priori* pas de lésion grave, alors peut-être qu'elle s'en sortira aussi. J'espère juste qu'elle n'aura pas de choix à faire dans l'antichambre.

En repensant à ça, mon cœur se serre. Je me concentre donc sur Alex, qui me raconte les derniers mois de sa vie, et sur ma fille qui se repose contre moi. À mon tour, je sens mes paupières se fermer malgré moi. Je me débats alors pour rester éveillée, terrifiée à l'idée de m'endormir à jamais. Alex n'arrête pas de parler pour me rassurer. Au bout du compte, bercée par le son de sa voix, le sommeil finit par m'emporter.

Paris

Hôpital (15 h 44)

J'ai dormi plus de quinze heures. Alex doit me le dire trois fois pour que je le croie. Quinze heures ! Si je roupille autant après un coma de presque cinq mois, j'ai toutes mes chances pour les auditions de « La Belle au Bois Dormant » !

Quoi qu'il en soit, à mon réveil, je me sens un peu moins « engourdie ». Je ne peux pas parler pour autant. J'émets quelques sons, c'est tout.

Plusieurs spécialistes passent me voir et, selon l'avis de tous, je vais très bien. Aucun des examens de contrôle pratiqués ne relève la moindre anomalie. Il me faut juste du temps, du travail, des massages, de la rééducation. Alex est rassuré, ainsi que ma tante — qui est revenue dès le lendemain. Je le suis également, mais dans une moindre mesure, car j'avoue être impatiente de revoir ma mère.

Il me faut presque deux semaines pour parvenir à le signaler.

Les soins que je reçois font des merveilles, je ne suis plus une statue. Au bout de ce délai, j'arrive à bouger la tête, le visage, le tronc et les mains. Je récupère vite, apparemment. Je parle également, même si c'est un peu fatigant. Les mots s'enchaînent de façon pénible. Je les lance au compte-goutte, comme des précieux *jokers*, et j'utilise une tablette numérique quand ça devient trop dur.

Je réussis finalement à dire à mes proches qu'ils m'ont manqué, surtout Alex. Il sourit, avant de préciser que je lui ai manqué davantage vu qu'il ne dormait pas, lui. Je ne trouve rien à ajouter à ça et me tais. Je n'ai aucune envie de lui raconter ma mésaventure, car cela impliquerait de lui dire que mon temps est sans doute compté. Il ne le supporterait pas.

Cela me rappelle que je dois parler à ma mère, alors après avoir avalé la bouillie au goût de chaussettes qui me sert de déjeuner, je redemande à la voir. Vu que je suis toujours incapable de marcher, Alex s'arrange pour que je puisse y aller en fauteuil roulant le soir même.

Il me laisse devant la chambre de ma mère, à la charge de ma tante qui promet de s'occuper de moi pendant la visite. Mon mari m'embrasse et se sépare difficilement de moi. Je sens presque son cœur se déchirer lorsqu'il s'éloigne pour aller prendre soin de notre bébé. En y pensant, je souris. *Notre* fille.

—Qu'est-ce qui te met de si bonne humeur ? me demande Annah. Tu es toute souriante.

—Euh... ma fille.

À son tour, ses lèvres s'étirent.

—Les joies de la maternité, hein ? Bon, il est temps d'y aller !

Elle me pousse à l'intérieur et referme derrière nous.

La pièce m'oppresse aussitôt. Le son des machines qui maintiennent ma mère en vie est agressif, la couleur ambiante ainsi que l'odeur le sont tout autant. J'ai envie de m'en aller et de vomir, mais je reste. Si Alex a supporté ça pendant presque cinq mois, je peux faire de même.

Ma tante me rapproche de son lit. Je la découvre alors, allongée, pâle, les yeux fermés, branchée à des tas d'appareils dont je ne veux rien savoir. Elle a l'air vieillie par rapport à la dernière fois que je l'ai vue. Cela dit, il a bien dû s'écouler deux ou trois ans depuis. Ses cheveux sont en majorité gris à présent. Quel gâchis, quand j'y pense ! Nous étions physiquement si proches l'une de l'autre, mais en même temps si loin... Et maintenant, c'est tout aussi vrai.

Annah propose de nous laisser seules. Je refuse. Je veux qu'elle reste, qu'elle entende tout ce que j'ai à dire, qu'elle sache tout ce que j'ai ressenti. Elle est au courant pour mon père, elle doit écouter. Il suffira de ne pas mentionner l'antichambre. Je prends la main de ma mère pendant qu'Annah s'installe sur une chaise à côté.

— Maman... ne... ne meurs pas.

J'inspire un grand coup avant de continuer. Je dois me libérer de ce poids. Je me suis préparée pour ça, j'ai choisi mes mots. Ils sont tous dans ma tête, parfaitement alignés, clairs, ainsi que sur la tablette numérique que je tiens entre mes mains :

« Je veux que tu vives, qu'on reprenne contact, toi et moi. Tu vas te demander quelle mouche m'a piquée, eh bien aucune. Ce coma m'a fait réaliser certaines choses. J'espère que ce sera également le cas pour toi et que tu te décideras à tout me raconter à ton réveil, maman. J'ai besoin de savoir ce que papa t'a demandé de faire ou pas. Je m'en doute déjà, mais je veux entendre la vérité, la stricte vérité, pas des suppositions. Tu dois te dire que je te baratine pour que tu te réveilles, c'est faux. En réalité, je t'en ai longtemps voulu, très longtemps. Je t'ai reproché d'avoir rendu papa malade, de m'avoir empêchée de le voir, de n'avoir rien expliqué ensuite, d'avoir étouffé toutes mes tentatives de réconciliation dans l'œuf, de m'avoir

laissée vivre chez ta sœur, de n'avoir jamais pris ma défense là-bas... bref, j'en passe. J'avais tellement de rage en moi, si tu savais ! Je me doute que tu avais tes raisons, mais une histoire a toujours deux versions, et la mienne me poussait à t'en vouloir... Maman, sache toutefois que c'est fini, je ne t'en veux plus, je sais que ce n'était pas vraiment de ta faute. Je me doute que tu as fait ton maximum. Je suis désolée si je ne l'ai pas toujours compris. Si tu te réveilles, eh bien je ferai tout pour qu'on reparte de zéro. J'aimerais tant qu'on ait une vraie relation mère-fille, qu'on discute, qu'on se parle, qu'on se fasse confiance, que tu rencontres ta petite-fille...

Vis, je t'en prie. Pour moi, pour nous. »

Je respire.

Je ne suis pas sûre d'être capable de dire tout ça, du moins sans faire une crise d'aphasie. Il faudra que j'y aille lentement et que je raccourcisse. C'est beaucoup trop long tel quel, je ne sais pas à quoi je pensais en écrivant tout ça.

Je fais signe à ma tante d'approcher et lui remets la tablette, mon pense-bête. Je lui fais comprendre que je n'en aurai pas besoin, que c'est interminable et qu'elle pourra le lire en entier à ma mère quand j'en aurai fini. Elle acquiesce et s'éloigne avec. Je commence alors mon monologue :

—Je veux... que tu vives, qu'on se parle. Ce coma m'a fait... réaliser des choses.

J'inspire.

—J'espère que ce sera... aussi ton cas et que tu me raconteras tout... à ton réveil. J'ai besoin de savoir ce que papa t'a... demandé de faire. Je ne t'en veux plus. Si tu te réveilles...

Nouvelle inspiration.

—J'aimerais que tu rencontres ta... petite-fille...

Mes yeux me piquent. Les larmes cherchent leur chemin jusqu'à mes joues.

— Vis, je t'en prie. Pour moi, pour... nous.

Je reste quelques minutes à la fixer, puis je la lâche et demande à ma tante de me raccompagner dans ma chambre.

Je remarque alors que celle-ci m'observe, le regard implorant. Je n'ai pas d'autre choix que de l'interroger sur ce qui ne va pas. Elle s'explique :

— Je... je suis désolée, Dana, je ne me rendais pas compte de... de ce qu'on t'a fait. Je suis désolée. Pour mon frère. Je m'excuse pour lui également. J'ai lu ton pense-bête pendant que tu... c'est...

Je lui fais silencieusement signe de poursuivre. C'est le moment de vérité. Je me doute de tout ce qui s'est passé, ça paraît évident maintenant que j'ai revu mon enfance avec un regard d'adulte, mais j'ai envie — non, j'ai besoin — de l'entendre. Il faut que je sache. Une bonne fois pour toutes.

Ma tante s'installe près de moi et commence son récit :

— La vérité, c'est que le cancer de ton père avait été diagnostiqué depuis longtemps. Il n'en a juste parlé à personne.

Je fronce les sourcils. OK, ça je ne m'y attendais pas.

Elle continue :

— Nous n'avons été mises au courant que ce jour-là, après qu'il a fait un malaise et a été conduit à l'hôpital. Ta mère était très en colère qu'il ait gardé ça pour lui, qu'il n'ait pas essayé de se soigner plus tôt. Elle pensait qu'on aurait pu... enfin, faire quelque chose. J'étais d'accord avec elle.

Elle prend une profonde inspiration pendant que je digère la nouvelle. Mon père savait que sa santé était au plus mal. Il n'en a rien dit. Il s'est laissé mourir. Je serre les poings.

— Ta mère n'était que rage et tristesse, tandis que moi... j'étais surtout en colère. J'étais persuadée qu'elle l'avait rendu malade — même si je me rends compte que personne ne le sait et ne le saura jamais. Je pensais que c'était la raison pour laquelle mon frère n'avait rien dit, pour la protéger, pour ne pas qu'elle se sente coupable. Je savais qu'elle avait arrêté de fumer, mais il était souffrant depuis si longtemps que ça ne changeait rien. Qui pouvait savoir depuis quand elle l'empoisonnait ?

La voix de ma tante tremble à présent.

— Seulement, qu'elle soit responsable ou non, elle l'aimait, alors je devais prendre sur moi et essayer de ne pas l'accabler davantage. Pourtant, j'ai eu beau essayer, je n'y arrivais pas. Ma rage était telle que... c'était mon frère !

Sur cette dernière phrase, elle a fait un bond en avant. Et haussé le ton. J'aurais reculé si je n'étais pas dans un fauteuil. À défaut, j'ai écarquillé les yeux de surprise. Elle s'est rassise presque aussitôt en s'excusant :

— Désolée... Bref, ce que je voulais dire, c'est que... j'ai été odieuse avec elle. Vraiment, je... je regrette certaines choses. Si j'avais agi autrement, j'aurais peut-être pu te garder près de moi, je suis désolée. En la rejetant, je t'ai rejetée aussi.

Elle serre les poings à présent, fuit mon regard. Pour peu, elle pleurerait. Je ne dis rien pour ne pas briser son élan.

— Je ne sais pas si tu comprends tout, mais en gros... je l'ai un peu fait fuir. Avec toute cette histoire de procès et tout, je l'ai fait culpabiliser. J'ai dit des choses que je n'aurais pas dû. Ce qui est marrant, c'est que juste avant cette malheureuse chute à l'aéroport, on en discutait. J'allais m'excuser, lorsqu'elle m'a interrompue en annonçant que c'était du passé. Elle a ajouté qu'elle comprenait, tout en prenant cette fameuse marche. J'étais tellement abasourdie que j'ai lâché la valise qu'on portait toutes les deux pendant une seconde, elle a basculé en avant, et...

Je m'imagine la scène, son absurdité. Ma tante doit s'en vouloir, même si ce n'est pas sa faute. Je me demande aussi à quoi pensait ma mère. En fait, je donnerais tout pour être dans sa tête quelques instants. La comprendre, la connaître. C'est tout ce que je souhaite.

Annah a baissé les yeux. Sans doute retient-elle ses larmes. J'attends, hésitante sur la position à tenir, car je sais qu'elle déteste qu'on la prenne en pitié. Au bout de quelques secondes, je lui demande tout de même :

— Ça va ?

Elle acquiesce silencieusement et se redresse dans sa chaise. En une seconde, sa prestance et sa fierté sont de retour. On dirait une dame de la haute. Ça, c'est la tante Annah que j'ai toujours connue.

Elle reprend :

— Je n'ai pas fini. Ton père... Nous t'avons empêchée de le voir.

J'opine du chef. Impossible de parler. Ma gorge est sèche.

— En fait, dès que tu as su, il l'a exigé. Il ne voulait pas que tu le voies mourir. Toi ou personne d'autre, d'ailleurs. Même ton premier week-end n'était qu'un sursis que nous avions réussi à négocier avec lui. Ton père était adorable, mais... il ne supportait pas l'idée que ses proches le voient mal en point. Il n'a juste jamais compris que ce type de choix faisait plus de mal que de bien.

Ça y est. Je l'ai entendu. Mon père m'a repoussée, jusqu'au bout. Pour me protéger, soi-disant. Je suppose que dans sa vision des choses, c'était le cas. J'encaisse la nouvelle sans ciller. Je réalise que l'antichambre m'y a préparée. La seule surprise est de savoir qu'il était malade bien avant cette fameuse journée, et que, finalement, ma mère a beaucoup plus souffert de cette histoire que je ne l'avais imaginé. Je me suis encore et toujours trompée.

Papa, je t'aime, mais... tu as vraiment été stupide sur ce coup-là.

Je soupire, puis serre Annah contre moi. Elle reste figée comme du marbre, surprise de mon geste. Nous ne nous sommes pas enlacées depuis mes onze ans alors ça doit lui faire un choc, surtout pour quelqu'un de si peu tactile qu'elle. Mais je sens à cet instant qu'elle a besoin de soutien, de savoir que je comprends. Toutes ses révélations m'ont effectivement fait réaliser que ce secret a créé plus de douleur que je ne l'aurais cru. Ma tante s'est mis sa propre famille à dos pour protéger le souhait de son frère, et ma mère a... tout sacrifié. Sans compter qu'elle a dû en plus porter le poids de la culpabilité.

Et moi qui n'ai rien arrangé !

Je souffle, soulagée d'avoir entendu tout ça. Je remercie Annah et lui propose de nous en aller. Elle accepte et me reconduit jusqu'à ma chambre. En traversant les couloirs de l'hôpital, je me sens beaucoup plus légère. Autant qu'une plume, en fait. Presque comme si tout pouvait s'arranger, comme si l'avenir était devant moi, un où il n'y aurait que quelques pas à faire à la fois. Ce dont je me crois capable.

Je décide d'ailleurs de marquer immédiatement le coup en étant entièrement honnête avec mon mari. Lorsque je le rejoins, je lui avoue tout concernant le stage d'écriture. Je m'excuse d'avoir prétendu y être allée, m'engage à le faire, soutiens que je suis prête, cette fois. Il sourit. Il dit comprendre, s'en être douté. Il me fait promettre de ne plus jamais l'exclure : nous sommes deux face au monde, à jamais. Pour toute réponse, je l'enlace de toutes mes maigres forces. J'ai un homme en or.

C'est ensuite à son tour de paraître sérieux. Il s'excuse pour sa réaction lorsque je lui ai annoncé ma grossesse. Il explique qu'il a eu peur, peur que je disparaisse comme sa sœur, mais que ce n'était plus le cas désormais. Ce qu'il ne sait pas, c'est que je lui ai déjà pardonné. Depuis longtemps. Seulement, sa tirade me rappelle que j'ai une épée de Damoclès au-dessus de moi, que mon temps est compté. Je me raidis aussitôt. Il fronce les sourcils :

— Qu'est-ce qu'il y a, poupée ? Tu m'en veux toujours ?

Je secoue la tête.

— Alors, qu'y a-t-il ?

Dois-je vraiment lui dire ?

J'hésite, suffisamment longtemps pour qu'on soit interrompus.

Mes beaux-parents débarquent dans la pièce comme des furies en exigeant de voir leur petite-fille, qui soit dit en passant n'a toujours pas de prénom. Ils rient, plaisantent, la prennent dans leurs bras, la bercent à tour de rôle. Je les regarde faire des heures durant en souriant. Je n'ai pas leur énergie, les muscles de mon corps sont encore si lourds que chaque mouvement est un effort considérable. Bientôt, je suis obligée de quitter mon fauteuil pour mon lit, plus confortable. Je tombe de fatigue. Leurs voix m'accompagnent tout le restant de la journée, et je ne réalise pas à quel moment mes paupières se ferment.

9.

« I'm sorry for the times that I had to go
I'm sorry for the fact that I did not know
That you were sitting home just wishing we
Could go back to when it was just
you and me. . . »[9]

Sorry, Blame it on me — Akon

---

[9] «Je suis désolé pour toutes les fois où j'ai dû partir
Je suis désolé pour le simple fait de ne pas avoir su
Que tu m'attendais à la maison,
Espérant que nous pourrions revenir en arrière,
Lorsqu'il n'était question que de toi et moi...»

Paris

Hôpital (4 h 15)

Un bruit me réveille. Des cris, des bips, des lumières, des flashs. J'ouvre difficilement les paupières. Il fait nuit. Il n'y a personne dans ma chambre, mais j'ai l'impression de reconnaître la voix d'Alex à l'extérieur. Je suis incapable de savoir ce qu'il dit, mais je suis presque sûre qu'il est là, dehors. De toute façon, il n'a pas pu aller bien loin.

Quelques semaines se sont encore écoulées. Je parle beaucoup mieux. Je ne marche toujours pas malgré la rééducation et les massages, mais je crois de plus en plus les médecins lorsqu'ils me disent qu'*a priori*, je devrais récupérer toutes mes fonctions. Je suis capable de communiquer sans avoir l'impression de résoudre une équation mathématique dans ma tête, ce qui est une avancée digne du premier voyage de l'Homme sur la lune, alors je suis optimiste.

Après les cris, ce sont des pas que j'entends. Des gens qui courent. Un hurlement. Ma tante. Que lui arrive-t-il ?

Et c'est là, étrangement, que je réalise que mon bébé n'est pas dans la pièce ! Je balaie la salle du regard. Où est-elle ?

Je me redresse aussi vite que je le peux, c'est-à-dire après avoir fait tomber deux ou trois appareils dans un vacarme assourdissant et alerté une aide-soignante qui se rue dans la pièce. Dès que je la vois, je hurle :

— Ma fille ! Elle n'est plus là ! Ma fille !

— Calmez-vous, Madame ! Elle est avec votre mari !

Ma respiration reprend un rythme plus normal. L'infirmière m'aide à m'adosser dans le lit. Je lui demande :

— Où sont-ils tous passés ? C'est quoi ce raffut ?

Elle a le regard un peu fuyant, hésite. J'insiste donc :

— Vous pouvez tout me dire, vous savez...

— Eh bien, ils sont au chevet de votre mère, Madame.

Mon cœur fait un bond dans ma poitrine. Ma mère s'est réveillée ! Et moi, je suis là à végéter dans mon lit ?

— Conduisez-moi à elle ! Je veux y être !

— Mais Madame... vous êtes encore faible, et...

Je lui montre le fauteuil roulant du doigt.

— Je ne vais pas faire un marathon, j'ai tout le matériel nécessaire. Poussez-moi.

En remarquant son air indécis, j'ajoute, suppliante :

— S'il vous plaît ! Je dois la voir. C'est ma mère !

Elle hésite encore une seconde, puis finit par céder.

Une fois installée, elle me guide ensuite en dehors de la pièce, où règne une ambiance qui aurait parfaitement pu s'intégrer dans un roman d'épouvante de Stephen King. Allées à moitié éclairées, tantôt silencieuses, tantôt animées, défilés incessants du personnel médical paniqué, odeur d'anesthésiant omniprésent, parquet un peu trop luisant où se reflètent nos visages, nos peurs. Je me laisse conduire vers la chambre de ma mère, qui est repérable à distance. Impossible de la rater avec tous ces gens qui se bousculent à l'entrée, se remplacent, hurlent des instructions auxquelles je ne comprends rien.

Alex et Annah sont postés devant, l'un berçant notre bébé, l'autre fixant l'intérieur de la pièce comme une statue. Et c'est en les voyant que je fais un étrange constat : la sœur de ma mère — la mégère que je déteste profondément, mais qui reste ma tante — n'est pas là. A-t-elle été prévenue ou s'en fiche-t-elle complètement ?

La réaction de mon mari en m'apercevant me sort de ma stupide réflexion. Il a écarquillé les yeux et s'est tourné vers l'infirmière, en colère :

— Vous l'avez réveillée ?

— Non, Monsieur, c'est que...

Je lève la main en signe de trêve. Ils se taisent immédiatement.

— L'intéressée est juste là et elle parle. Alex, la dame n'y est pour rien, je me suis réveillée toute seule et je lui ai demandé de m'amener ici.

Il présente alors ses excuses à la femme en blanc, qui s'éclipse aussitôt.

— Qu'est-ce qui se passe, alors ? je reprends, de plus en plus perdue.

J'étais persuadée qu'ils étaient là parce que ma mère s'était réveillée. Ce qui n'est visiblement pas le cas.

— Eh bien, ta mère... commence Alex en indiquant la chambre où s'acharnent tellement de gens que je n'y vois rien.

J'insiste en constatant qu'il ne continue pas.

— Oui... ?

Cette fois, c'est Annah qui se retourne pour me faire face. Elle a les yeux rougis par les larmes. Elle n'a tout d'un coup plus rien de « distingué ». L'image de la femme tremblante — à la limite de la droguée en manque — qui m'a conduite à l'hôpital pour voir mon père mourant me revient en tête. Je la chasse rapidement.

—Elle... elle a eu des convulsions tout à l'heure. Ils... ils essaient de la stabiliser.

La nouvelle me glace le sang. Le moment est crucial. Tout se joue maintenant. J'ai peur, mais je me dis qu'au moins, il se passe quelque chose. Elle pourrait se réveiller, retourner dans son coma, ou pire... mourir. Je secoue la tête pour remettre de l'ordre dans mes idées. Ne pas être négative ! Garder la foi ! Penser positif !

Je parle pour ne pas paniquer :

—Alex, vous avez essayé d'entrer ?

Il opine du chef.

—Oui, mais c'est impossible, il y a trop de monde. Ils ont dit qu'ils faisaient tout leur possible pour la garder en vie. Je pense qu'on dérange... Il vaut sans doute mieux les laisser travailler.

Je comprends la réponse des médecins, mais comment veulent-ils qu'on reste là, les bras ballants, totalement ignorants, pendant qu'ils tentent de sauver ma mère ? C'est insoutenable ! Mon cœur martèle dans ma poitrine. J'ai besoin de bouger, de faire quelque chose. Peut-être devrais-je appeler ma tante maternelle pour la prévenir ? Ou ma cousine Élise ?

—Mon chou, la sœur de ma mère a été prévenue de son état ?

L'intéressé fronce les sourcils.

—Euh... je n'ai pas vraiment pensé à elle récemment, je crois qu'elle ne sait rien.

—Qui est-ce que ma mère avait mis en contact d'urgence ?

—Toi...

Je reste sans voix. Elle était donc sûre que j'aurais accouru au moindre souci... Elle *voulait* que ce soit moi. Pas sa sœur, *moi.* Je suis touchée, même si cela implique que ma tante maternelle n'est sûrement au courant de rien, vu que j'étais moi-même dans le coma et qu'Alex ne la connaît pas. Il faudrait que je l'en informe dès que possible, mais pas avant que je ne sois un minimum détendue. Elle devra patienter.

Je demande à Alex de me confier notre fille, qui dort à moitié. Il me la laisse et va se chercher quelque chose à boire. Lui aussi a besoin de se dégourdir les jambes, visiblement.

Pendant ce temps, je fais fi du bruit ambiant et me délecte de la merveille que la vie m'a offerte. Elle a les yeux mi-clos, mais les ouvre de temps en temps et je plonge alors dans ce marron clair que j'aime tant et qu'elle tient de son père. Je lui caresse le menton, les cheveux, le visage. Je l'embrasse et l'admire sous toutes les coutures, comme un objet d'art. Pour moi, c'en est un. Mieux, un miracle. J'ai d'ailleurs hâte d'être assez autonome pour m'occuper d'elle continuellement, pour lui montrer à quel point sa mère l'aime. C'est mon rayon de soleil.

Un bruit plus long que les autres me sort de mon moment d'extase. Annah pousse un cri. Je lui demande ce qui ne va pas, mais elle ne répond pas. Peut-être même qu'elle ne m'entend pas. J'insiste, sans plus de succès. Elle a l'air figée dans le temps.

Je me concentre alors sur le personnel médical, mais comme je ne peux pas bouger toute seule, je choisis d'observer la porte de la fameuse chambre. Quelqu'un en sortira peut-être pour nous dire quelque chose... qu'elle s'est réveillée ?

Mon attente porte ses fruits. Un médecin quitte bientôt la salle, suivi d'une infirmière à qui il donne des instructions inaudibles. Il cherche quelqu'un du regard — sûrement Alex

—, puis s'apprête à continuer son chemin lorsque je l'interpelle :

—Docteur !

Il se retourne, me remarque et s'approche :

—Madame Bell ?

—Oui ! Je suis la fille de votre patiente, je rajoute en pointant la chambre du doigt. Je suis également la femme d'Alex, il m'a veillée pendant des mois.

Il acquiesce, la mine déconfite.

—Je sais tout ça, Madame. J'ai suivi votre cas. Nous nous sommes vus à votre réveil.

Je regarde le nom cousu sur son uniforme et je me souviens. J'ai vraiment une mauvaise mémoire des visages. C'est le docteur Grossetête, bien sûr.

—Euh... oui, c'est vrai, veuillez m'excuser. Bref, qu'est-ce qui se passe ?

—Madame... vous n'étiez pas sans savoir que votre mère avait subi un œdème cérébral lors de sa chute et que...

—Raccourcissez, s'il vous plaît ! je l'interromps. Est-ce qu'elle s'est réveillée, oui ou non ?

Il arbore un air encore plus désolé.

—Nous avons fait tout ce que nous avons pu...

La suite, je ne l'ai jamais entendue.

Paris

Hôpital (Passages)

Je m'attendais à de la douleur, un gouffre sans fin, un abîme qui m'engloutirait tout entière et pour l'éternité. Les semaines suivantes ont plutôt ressemblé à une succession d'actions prédéfinies, robotisées, programmées, « à faire ». Je me suis retrouvée plongée dans une marée paralysante, où les heures s'écoulaient tantôt trop vite, tantôt trop lentement. Tout donnait l'impression d'irréel, d'être prisonnier d'un continuum espace-temps complètement surréaliste.

Après l'annonce, j'ai eu un *black-out* d'une nuit entière. À mon réveil, j'ai appris qu'Alex s'était chargé de prévenir ma tante — merci à lui, j'aurais été incapable de le faire dans mon état. Une ambiance de mort planait dans la pièce, un silence affreusement pesant. Je suis restée à fixer la fenêtre durant toute une journée, sans manger, parler ou m'autoriser à ressentir. Même ma fille n'a pas réussi à me redonner le sourire.

Ce n'est que le lendemain que j'ai pu aligner quelques mots, que j'ai réalisé que mon enfant avait besoin de moi, déprimée ou non. Aussi, je m'en suis occupée et ai continué mon programme de rééducation comme si de rien n'était.

Alex — l'homme le plus merveilleux de la Terre, il faut le rappeler — a décidé de ne pas retourner au travail pour l'instant. J'aurais bien argumenté contre, mais je suis trop sonnée pour. Je me doute qu'on va avoir de sérieux problèmes de trésorerie lorsqu'on va reprendre une vie normale, mais sur le coup, c'est un peu le cadet de mes soucis. Son geste me touche plutôt — ce qui est un grand pas dans mon état.

Il s'occupe de notre fille pendant que je souffre le martyre pour récupérer une mobilité totale, et le reste de son temps, il le passe avec moi. Ma tante maternelle — la mégère à qui la vie a injustement fait le don de la beauté — ainsi que ma cousine Élise ont fini par débarquer, pour s'occuper notamment des funérailles. Un soulagement pour moi qui n'ai aucune envie de m'en charger. D'après la vidéo qu'elles ont réalisée de l'événement qui s'est déroulé seulement une semaine plus tard, tout s'est bien passé. Pour ma part, je ne m'y voyais pas. J'avais déjà parlé à ma mère pour la dernière fois. Pas la peine de faire semblant devant des gens que je ne connais pas vraiment. C'est à eux que cette cérémonie est destinée, pas à moi. Après ça, ma tante Annah a quitté Paris, ainsi que mes beaux-parents.

Quant à moi, je passe devant l'ancienne chambre de ma mère tous les soirs en rentrant de ma séance de kinésithérapie. Un rythme s'installe ainsi. Des semaines d'allers-retours, d'habitudes retrouvées, de sourires perdus, d'espoirs renouvelés. Des semaines où je ne sais plus quoi faire, où je demande son pardon, où j'essaie d'oublier que mon temps est compté, où j'espère me réveiller le lendemain.

Je n'ai finalement rien raconté à Alex. Et je ne le ferai pas. Après tout, que pourrais-je lui dire ? Que j'ai rencontré un guide, que j'ai revécu plusieurs souvenirs, que j'ai échangé ma vie contre celle de ma fille, et que mon temps — quel qu'il soit — est compté depuis ? Il ne me croirait pas, me prendrait sans doute pour une folle. Je penserais d'ailleurs la même chose, à sa place. Après tout, peut-être le suis-je en partie ? Tout s'est passé dans ma tête, dans une réalité alternative, dans mon esprit... Je ne peux rien prouver. Comme pour un rêve...

Aurais-je rêvé ?

Non, ce n'était pas un songe. Tout ce que j'ai vécu est réel. Glimel existe, l'antichambre également, j'ai gardé la totalité de mes souvenirs, j'ai choisi de sauver mon bébé.

Cette idée en tête, je me suis mise à écrire : de simples lettres au départ, destinées à ma fille, au cas où je disparaissais subitement moi aussi. Je ne voulais pas répéter la même erreur que mon père — ou ma mère —, je souhaitais qu'envers et contre tout, elle sente une connexion avec moi, même après ma mort.

Ces lettres se sont allongées avec le temps. Énormément. Depuis l'hôpital, j'ai écrit plus de cinquante pages avant de réaliser l'ampleur de ce que j'avais fait.

Fière de moi, j'ai attaqué autre chose. Une histoire que j'avais en tête depuis toute petite, une que j'adressais aussi à ma fille, un message d'espoir.

Quelques mois et plusieurs nuits blanches plus tard, je suis presque sur pied et mon récit est terminé. J'ai noirci plus de deux cents pages ! Je n'en reviens pas ! Quand bien même je ne sais ni ce que ça vaut ni où ça me mènera, je suis plutôt ravie. Je suis à présent consciente d'être capable d'écrire... et que je ne pourrai plus m'en passer. Je ne me sens plus ni vide ni déprimée, juste animée par ce besoin de sortir ces voix de ma tête — non pas que je sois folle. C'est un réel exutoire.

Lorsqu'Alex vient me chercher pour ma sortie officielle de l'hôpital, je suis heureuse et oppressée à la fois. Je vais enfin quitter cet endroit, mais je laisse ma mère derrière moi. Pour de bon. Plus de passages devant sa chambre le soir avant d'aller me coucher, plus d'attentes devant sa porte en espérant bêtement qu'elle en sorte, plus d'impressions étranges qu'elle est dans la pièce lorsque je m'endors. Ce départ marque une fin: l'extinction de ma petite famille telle que je l'ai connue, d'une époque. Nous ne sommes plus. Je suis seule.

À cette pensée, les larmes sont sur le point de me gagner. Mais Alex sait trouver les mots et surtout, les gestes qu'il faut. Il m'enlace tendrement et me promet que tout ira pour le mieux. Lui et moi, contre le monde. Toujours. Je souris. Il a raison. Lui, moi, Debbie, notre rayon de soleil.

Je demande à prendre notre fille et il me l'installe tout contre moi. Sentir sa chaleur me donne du courage pour la suite. Je la berce pendant qu'il me pousse en dehors de la pièce où j'ai séjourné malgré moi pendant plusieurs mois.

Au fur et à mesure qu'on avance, qu'on déambule dans les couloirs, qu'on salue les infirmières qui sont depuis devenues comme une seconde famille, je sens qu'une porte se referme, un pan de ma vie avec. Lorsqu'on aperçoit l'ancienne chambre de ma mère, l'air se raréfie, mais je ne m'arrête pas. Je me tourne plutôt vers ma fille, ma raison de vivre et d'avancer, mon sursis. Chaque seconde passée avec elle vaut le coup, même si je dois mourir le lendemain.

Et là, en contemplant le sourire qu'elle m'adresse tout d'un coup, je ressens comme une brise au-dessus de moi. Rassurante, berçante, murmurante presque:

« Vis… »

Je balaie les alentours du regard, perdue. J'ai l'impression d'avoir entendu une voix, celle de ma mère, même si je sais que c'est impossible. Pourrait-elle se trouver là, à m'observer quitter l'hôpital... *l'abandonner*?

Mon estomac se noue, et je demande à Alex de s'arrêter. Il obéit, non sans surprise. Je me concentre, espérant percevoir de nouveau quelque chose, mais il ne se passe rien.

Déçue, je prie Alex de se remettre en route en lui assurant que tout va bien. Dès qu'on repart, je me remémore cette voix, ma mère, son message. Je regarde ma fille, son air angélique, et un sourire se dessine sur mon visage.

Cette fois, je comprends ! Ma boule au ventre, mon sursis, mon épée de Damoclès. Rien de tout ça n'est important. Je saisis enfin le sens de mon choix.

Je ne me suis pas condamnée. La mort est toujours imprévisible, qu'on ait été dans l'antichambre ou non. Elle arrive tôt ou tard, sans prévenir, ma mère en est la preuve. La différence dans mon cas est que j'ai sauvé ma fille. Peut-être que je m'éteindrai à quatre-vingt-dix ans ? À soixante ? À trente-cinq ? Je ne le saurai jamais. Rien n'est défini à l'avance, il ne me reste plus qu'à vivre. Arrêter d'avoir peur de disparaître. Exister, enfin, libre, quelle qu'en soit la durée. C'est ça, le sens de ma décision.

Au moment de franchir la porte de sortie de l'hôpital, mon mari demande soudainement :

— Maintenant que j'y pense, je sais qu'on a décidé ensemble, mais... d'où t'es venu le prénom « Debbie » ? Tu ne m'as jamais répondu.

Je ne l'ai effectivement jamais fait. J'étais sous le choc. Il est temps, je crois.

— J'ai été inspirée par une femme forte. « Deborah » est le second prénom de ma mère.

Mon mari sourit.

— Je ne savais pas. Très bon choix.

Les rayons de soleil m'enveloppent dès qu'on sort du bâtiment. Je prends un bain de chaleur et couvre le visage de ma fille du mien.

—Je suis assez d'accord.

Épilogue

Ma petite Debbie a grandi. Elle vient d'avoir sept ans. J'en suis très fière. Mon mari est heureux. Nous avons eu quelques différends, mais n'est-ce pas normal dans un couple ?

J'ai finalement fait ce stage d'écriture, j'ai écrit, j'ai même publié quatre livres. Un qui n'a eu aucun succès, deux qui ont rencontré un certain public et un dernier qui est en train de me faire connaître. J'ai créé ma propre maison d'édition, ainsi qu'une page Facebook pour échanger avec mes lecteurs. Au bout de trois ans, j'étais suivie par près de trois mille personnes ! Je savais que cette activité ne suffirait pas à me nourrir, mais j'étais tellement heureuse de partager mes publications avec tout ce public que c'était largement suffisant. Mieux, magique. J'ai joui de ce petit bonheur sans retenue.

Et pendant ce temps, tout s'est estompé petit à petit. Les souvenirs de l'antichambre ont commencé à disparaître un à un, jusqu'à ce qu'il n'en reste plus, excepté cette conviction de m'être fait un ami, un certain Glimel, quelqu'un que je reverrais certainement un jour.

En attendant, ma vie est remplie, riche. J'ai un mari incroyable, qui s'avère être un père comme on en voit peu. C'est le meilleur homme que j'aurais pu choisir. J'ai eu de la chance, en fait. Aujourd'hui, j'ai presque quarante ans et je suis heureuse, vraiment. Je n'ai plus de boule à l'estomac, plus peur de l'inconnu, même plus de migraines ! Les médecins pensent que les suites de mon accident ou de mon opération ont sans doute corrigé le problème, même s'ils ne savent ni comment ni pourquoi. Tous les examens cliniques ne montrent aucun changement significatif qui pourrait l'expliquer, mais le constat est implacable : je n'ai plus eu une seule migraine depuis mon réveil.

Toutefois, explication logique ou pas, je ne vais pas m'en plaindre. Je croque le quotidien à pleines dents. Qui que tu sois, ami Glimel, je suis prête à respecter mon contrat à tout moment. J'ai enfin compris l'importance de l'existence.

J'ai vécu, je vis, et je continuerai durant tout le temps qui me sera offert. Chaque seconde, chaque minute, chaque heure compte. Que ce soit ici-bas ou dans l'au-delà, je ne suis plus seule, je ne suis plus misérable, je suis entourée. J'aime ma vie et ma famille — aussi bien celle qui vit que celle qui n'est plus.

A-t-on vraiment besoin de plus pour être heureux ?

Fin

Vous avez terminé

« L'Antichambre
des Souvenirs » !

Retrouvez toutes les informations sur d'autres
ouvrages similaires sur notre site internet :

www.editions-plumessolidaires.com

ou encore sur celui de l'auteur :

www.imaneyitayo.com

Remerciements

Comment exprimer ce que je ressens, à présent que les aventures de Dana sont terminées ? Lorsque l'idée m'est venue, je ne me doutais pas que j'attendrais cette étape, cette clôture, ce sentiment d'accomplissement dont on ne se lasse jamais.

Tout a commencé un soir de Noël, de façon tout à fait inattendue. Pensée comme une série littéraire en forme d'épisodes au départ, le projet a finalement évolué pour devenir l'ouvrage que voici. Je remercie du fond du cœur tous ceux et toutes celles qui m'ont aidée à lui donner vie, car ça n'a pas toujours été de tout repos !

J'adresse toutefois un merci tout particulier à ceux qui ont participé aux phases de relectures et de corrections, j'ai nommé mon éternelle commando Elise et Franck, l'intrépide Khaleedath, ma beta-lectrice de choc Cécile, ma toute nouvelle partenaire Léa, l'adorable et efficace gérante de groupe Mélie, l'œil de lynx Charlène et deux lectrices dévouées qui s'y sont mises cœur et âme : Maria et Virginie.

Sans vous, mes bêta-lecteurs, mes correcteurs, et sans toi, lecteur passionné ou tout simplement curieux, Dana ne serait restée qu'un fantôme parmi tant d'autres. Merci, merci, merci !

Et en dernier, j'aimerais vous laisser sur une petite note personnelle, à l'origine des aventures de Dana : « une vie sans échéance n'en est pas une, une vie sans changement non plus. L'inertie est la pire des morts ». Ce n'est souvent qu'en réalisant que l'échéance est potentiellement proche qu'on s'en souvient. Dana a d'ailleurs, heureusement, fini par comprendre que son choix — la porte de la mort — était en réalité un cadeau. Dans sa situation, vivre au jour le jour et profiter prend tout son sens.

Et vous ? Que préférez-vous ? Une vie plus longue ou plus riche ?

En cela, j'espère que Dana, Glimel et l'Antichambre des Souvenirs vous auront enrichi de l'intérieur. C'est certes plus facile à dire qu'à faire, mais je vous en conjure, profitez de la vie !

Très sincèrement et de tout cœur,

Iman E.

Découvrez plus d'ouvrages en consultant notre catalogue :

www.editions-plumessolidaires.com